젊은 날의 깨달음

하버드에서의 출가 그 후 10년

젊은 날의 깨달음

하버드에서의 출가   그 후 10년

혜 민

클리어마인드
CLEARMIND

만약 어떤 이가 자신의 것 하나만 알고 있다면
사실은 그 하나도 제대로 모르고 있는 것이다.

- 독일 종교학자 막스 뮐러 Max Müller

프롤로그

"스님, '출가 그 후 10년' 앞에 '하버드'라는 세 글자 좀 붙여서 넣게 해 주십시오. 그래야 불자가 아닌 사람들도 이 책을 서점에서 집어서 읽어 보게 됩니다."

이 책의 제목 선정을 두고 출판사 측과 여러 이야기가 오가면서 종국에는 '하버드'이 세 글자를 부제副題에서 빼느냐 마느냐를 가지고 약간의 실랑이가 벌어졌다. 나는 하버드대학교에서 공부했다는 것이 옷의 브랜드 마크처럼 쓰이는 현재 한국의 현실이 당혹스럽고, 그것에 동조해 달라는 출판사의 요청이 승려로서 너무 난처하게만 느껴졌다. 사실 중요한 것은 하버드대에서 공부했고 안 했고가 아니라 졸업 후 어떻게 사는가 하는 것인데 말이다.

일반 서점에 무수히 꽂혀 있는 하버드대 입학 성공기나 아이비리그로 보내기 위한 자녀 교육법과 관련된 책들을 봐도 마음이 불편하기는 매한가지다. 그런 책들이 하버드대를 지적

권력의 최대 상징으로 만들어 놓고 그 권력을 얻었느냐 못 얻었느냐, 아니면 어떻게 하면 그것을 얻을 수 있게 내 자식을 만들 수 있느냐 하는 점만을 첨예하게 부각시켜 놓기 때문이다. 어떻게 하든지 하버드대만 들어가면 '성공' 하는 줄 알고 그것을 최상의 목표로 삼는 그런 결과 집착증의 한국 교육열은 너무나 숨 막히고 이기적이고 공허하다.

나도 처음에는 한국의 학력 지상주의가 만들어 낸 경쟁 중심의 습관하에서 무조건 열심히 노력해서 좋은 대학교에 들어가는 것이 최고인 줄로만 알았다. 주변의 친지나 선생님께서 나에게 제시하는 모범이 될 만한 롤 모델role model의 경우들도 모두 공부 잘해서 좋은 대학 가서 '성공' 하는 사람들 이야기만 했지 도대체 그 후 어떻게 어떤 모습으로 살아야 하는지에 대해 실천으로 보여주는 이들은 불행하게도 없었다.

그런데 이러한 나의 성공 지향적 생각의 패턴이 전환되는 큰 계기가 있었다. 하버드대 석사 공부 중 존John이라는 친구를 알게 되었는데 존은 키가 크고 영화배우를 해도 될 만한 출중한 외모에다 꽤 유복한 가정에서 자란 하버드대 학부생이었다. 존은 활동적이면서 책임감이 강하고 붙임성도 좋아서 친구나 교수님들에게 인기가 많은 학생이었다. 나는 존을 중국어 수업을 들으면서 알게 되었고 그 후 같은 중국어 여름방학 연수 프로그램에 참가하게 되면서 친하게 되었다.

중국 북경에 처음 간 터라 나는 주말이 되면 이곳저곳 관광하기에 바빴는데 존은 이상하게도 금요일만 되면 학교 기숙사에서 사라지는 것이었다. 나중에 알고 보니 내가 놀러 다니는 사이에 존은 주말이 되면 북경역에서 기차를 타고 마을 전체가 에이즈에 감염된 지역에 가서 고아가 된 아이들을 위해 몰래 봉사하고 돌아오는 것이었다. 누가 존에게 그렇게 하라고 시킨 것도 아니었고 그렇게 했다고 존에게 누가 상을 주는 것도 아니었다. 물론 의사인 아버지의 영향도 있었겠지만 단지 존은 그렇게 봉사하는 것이 본인 스스로에게 의미 있는 여름방학을 보낼 수 있을 것 같아서 그랬다는 것이다. 경쟁 사회에서 끝없는 자기 개발만을 추구하는 사례들만 보아 온 나에게 삶의 의미를 찾아가는 존의 이런 모습은 일대 충격이었고 이것이야말로 '하버드'를 통해 내가 배운 최고의 가르침이었다.

이번 에세이 글은 출가 후 지난 10년 동안 교계 언론지를 통해 발표한 글들과 최근에 쓴 새로운 글 몇 가지를 추가하여 모은 것이다. 승려가 된 후 겪게 된, 어찌 보면 사소하고 평범한 일들을 통해 내 주변을 돌아보고 내 마음을 살피면서 쓴 글들이다. 문장이 유려하지도 않고, '희망을 증거하는' 드라마틱한 성공 신화 이야기도 내 글에는 없다. 대신 어려운 외국어 공부 하면서 느낀 점들, 북경에서 살 때 자전거를 도둑맞고 쓴 이야기, 실연당한 도반을 위로하기 위해 쓴 에세이, 뉴욕 은사 스님 절에서의 이야기, 일본 오사카에서 알게 된 어느 지인에 관한 글, 미국에서 교편을 잡으면서 느낀 점들을 담담하고 솔직하게 쓰려고 노력했다.

혹시라도 '하버드'라는 말에 속아 어느 승려의 또 다른 성공담 혹은 장렬한 구도기를 꿈꾸면서 이 책을 손에 쥐었다면 그분께 정말로 죄송하다는 말씀을 드리고 싶다. 마지막으로 지난 10년이 넘도록 저를 항상 지켜봐 주시고 학교 강단에 서기까지 음으로 양으로 도와주신 뉴욕 불광선원 은사스님께 이 책을 바치고 싶다.

혜 민 두손모아
매사추세츠주 앰허스트

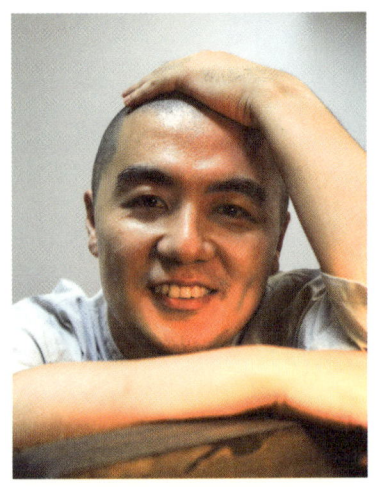

사실 중요한 것은 하버드대에서 공부했고 안 했고가
아니라 졸업 후 어떻게 사는가 하는 것인데 말이다.

목 차

프롤로그

내가 승려가
무조건 성공만을 위해서 끝없는 경쟁만

젊은 날의 깨달음

된 이유는 이렇게 한 생을 끝없이 분투만 하다 죽음을 맞이하기 싫어서였다.
하다가 나중에 죽음을 맞게 되면 얼마나 허탈할까 하는 깨달음 때문이었다.

경복궁 영어

내가 영어로 학생들을 가르치는 것을 보고 어느 한국 유학생이 어떻게 하면 영어를 잘할 수 있는지 그 비결을 가르쳐 달라고 한 적이 있다. 본인은 미국으로 유학 온 지 1년 가까이 되었지만 영어가 크게 늘었다는 느낌을 받지 못했고 아직도 영어 공부가 많이 어려운데 어떻게 하면 잘할 수 있게 되느냐고 말이다.

사실 나에게는 영어 공부 하면 떠오르는 장소가 한 군데 있는데 바로 경복궁이다. 아마도 고등학교 1학년 때였던 것 같은데, 우연히 경복궁 앞에서 20대 미국인 관광객이었던 케빈 Kevin을 알게 되었다. 외국 사람과 한 번도 영어로 대화를 나누어 본 적이 없었던 나에게 우연히 영어로 말을 걸어서 알게 된 케빈은 일본을 경유해서 혼자 잠시 한국을 관광하러 온 친구였다. 이틀 후에 미국으로 돌아가는데 한국에 아무도 아는 사람이 없고 해서 좀 심심해하던 눈치였다.

그때까지만 해도 나는 사지선다식 문제 푸는 수동적 영어에만 익숙했다. 그런데 처음으로 능동적으로 문장을 만들어서 책이나 듣기평가테이프가 아닌 사람에다 대고 이야기를 나누었고 그것 자체가 재미있고 신선했다. 이틀 동안 아주 쉽고 기초적인 대화를 나누었지만 학교에서 배우는 '죽은' 영어가 갑자기 살아나는 듯한 느낌을 받았던 것이다.

그 후 나는 종종 주말이 되면 경복궁이나 인사동, 탑골공원 등을 찾는 버릇이 생겼다. 그 이유는 케빈과 같은 외국인 관광객들에게 한마디라도 영어로 좀 말을 걸어 보고 싶어서였다. 처음 경험이 좋아서였을까, 나는 생각보다 쉽게 여러 명의 외국인들과 대화를 나눌 수 있었다. 뉴질랜드에서 온 부부 여행자, 나이지리아에서 물건을 사러 온 비즈니스맨, 미8군 군인의 부인, 영어 강사를 하러 온 캐나다인, 모르몬교 선교사 등 다양한 부류의 외국인과 교류할 수 있었다.

물론 처음에는 모르는 사람에게 말을 건다는 것 자체가 많이 쑥스러웠다. 그러나 쑥스러움은 한 5분 정도 이야기하다 보면 잊게 되는 것 같았다. 그런데 외국인들과의 교류 경험이 어느 정도 쌓이면서 내가 깨달은 것이 있었다. 처음 20분 정도의 대화 내용은 거의 비슷비슷하다는 점과 좀 더 심도 있는 교류를 나누는 데에는 단순히 영어 문장을 잘 듣고 이해하는 것이 중요한 것이 아니라 그 나라의 문화나 역사, 지리, 시사 문제를 잘 이해하는 것이 더 중요하다는 것이었다. 다시 말하면 언어와 그 나라의 문화는 떼려야 뗄 수 없는 관계이기 때문에 그 나라의 전반적 문화를 이해하지 못하면 외국어 공부가 어느 한 선에서 탁 막히고 큰 진보가 없게 된다는 뜻이다.

　예를 들어 한국어를 아주 잘하는 한 외국인이 있는데 그가 김연아, 세종대왕, 네이버, 삼성, 한류, 떡볶이, 수능, 찜질방, 청계천, 휴전선, 개그콘서트 등등에 관해 알지도 못하고 들어본 적도 없다면 그 사람과는 별로 할 이야기가 없어진다. 그와 할 수 있는 이야기는 아주 일상적이고 기본적인 얘기로 주로 밥 먹었는지 오늘 기분은 어떤지 등등으로 국한될 수밖에 없다.

　즉, 영어와 같은 외국어를 잘한다는 것은 어휘나 문법 능력이 뛰어나다는 것만을 말하는 것이 아니고 그 나라의 문화와 역사, 지리, 각종 시사적 이슈 등을 얼마나 잘 이해하는가 하는 것이다. 이런 지식은 그 외국어를 사용하는 나라에 대한 꾸준한 관심과 노력이 쌓여야 되는 것으로 단순히 보캐블러리vo-cabulary 단어장을 달달 외운다고 외국인들과 교류가 잘되는 것은 아니다. 경복궁에서 닦은 영어 실력으로 지금은 미국에 가서 미국 학생들을 가르치게 되었으니 누가 뭐래도 내 영어 실력의 비결이자 원조는 '경복궁 영어' 다.

영어 공부와 도道

초창기에 미국에 와서 처음 선禪불교를 전수한 일본의 스즈키 순류鈴木俊隆 선사는 자신의 저서에서 "영어를 마스터하는 것은 마치 도道를 닦는 것과 다를 바 없다"고 밝혔다. 미국에 살면서 스님이 영어에 대해 얼마나 많은 고민을 했는지 이 한 문장을 통해 어렵지 않게 짐작할 수 있다.

사실 나도 미국에 막 도착해서 영어 공부를 정말로 열심히 했을 때는 아무리 해도 이상하게 실력이 느는 것이 눈에 띄지 않았다. 그런데 한 2, 3년이 지나고 나의 영어 실력을 돌이켜 보니 처음 영어를 배우기 시작했을 때와는 확연한 차이가 있음을 느낄 수 있었는데, 이래서 영어 배우는 것이 도 닦는 것 같다 하지 않았을까 싶다.

영어는 또 오랫동안 배우고 많이 사용할수록 본인 스스로 어떤 부분이 부족한지를 너무나도 잘 안다. 그래서 영어와 같은 외국어를 오랫동안 공부한 사람일수록 스스로 자만하면서 외국어를 잘한다고 으스대는 법이 없다. 나만 해도 영어 공부를 시작한 지 20년이 넘었지만 미국 코미디 텔레비전 프로를 보거나 영시를 읽을 때 모르는 표현이 아직까지도 나온다.

또 영어 공부가 많이 된 사람일수록 공부와 생활을 나누어서 따로 하지 않는다. 생활하면서 영어 공부를 하는 것이지, 따로 공부 시간을 정해 놓고 하는 것은 영어 공부의 초기 단계에서 하는 것이다. 어느 정도 영어 공부가 되어 가고 있는 사람이라면 우연히 본 영어로 된 지하철 안 광고문구나 매일 아침 신문이나 라디오를 통해 접하게 되는 짧은 '오늘의 영어 한마디'의 내용을 바로 외우거나, 혹은 텔레비전을 보거나 외국 사람과 이야기하면서 모르는 단어나 표현이 나왔을 때 그냥 지나치는 법 없이 즉각 즉각 물어서 외운다.

그리고 한 가지 재미있는 사실은 마음공부를 잘하고 있는 사람들이 그러하듯 영어를 잘하는 사람일수록 자신이 지금 영어 공부 하고 있다는 티를 절대로 내지 않는다는 점이다. 예전에 미국 메이저리그로 진출한 한국 모 야구선수가 미국에서 생활한 지 1년 정도밖에 지나지 않았는데 한국 언론과 인터뷰할 때마다 우리나라 말을 더듬은 적이 있었다.

사실 이와 같은 현상 또한 영어 공부 초기 단계에서 일어나는 일이지 실제로 영어를 모국어처럼 잘하는 사람은 한국말을 할 때 일부러 혀를 꼬아 가면서 이야기하지 않는다. 이 점은 마치 막 수행을 시작한 사람일수록 일부러 수행자 티를 내려 하고 가난하게 살다가 운이 좋아 벼락부자가 된 사람일수록 자신의 부를 과시하려 드는 것과 같은 이치이다.

이 세상 어떤 일이든 그 일에 최선을 다하면서 노력하다 보면 어느 경지에 이르러서는 수행의 모습과 다르지 않다고 생각한다. 사업을 하든 학업에 매진하든 농사를 짓든 간에 그 안에서 우리는 삶이 우리에게 가르쳐 주는 작은 가르침을 하나씩 깨달아 가면서 사는 것이다. 그러다 보면 어느 생生에선 생사를 초월하는 큰 깨달음을 얻고자 하는 마음이 들어 해탈의 길로 자연스럽게 접어드는 것이 아닌가 생각해 본다.

캘리포니아 주립대 버클리 University of California, Berkeley

버클리에서 불법佛法을 만나다

나는 졸업한 지 15년이 지난 시간이 흘렀어도 버클리Berkeley 하면 아직도 가슴이 뛴다. 마치 가슴에 묻어둔 첫사랑의 기억처럼 지금도 눈을 감으면 수업을 마치고 청록빛 새더 게이트Sather Gate를 지나 저녁 해로 물든 교정 앞을 친구들과 즐겁게 거닐던 생각이 난다. 한국에서 고등학교를 마치고 미국에 살고 계신 친지의 도움으로 유학을 오게 되었고 운이 좋아 평생에 한 번밖에 없는 20대 초반을 미국에서 가장 아름다운 도시 샌프란시스코를 바라보는 캘리포니아 주립대 버클리University of California, Berkeley에서 공부할 수 있었다.

버클리는 미국에서도 매우 진보적인 곳 중 하나로 1970년

대 반베트남전쟁 운동이라든가 히피 문화를 주도했던 곳이다. 태평양을 바라보는 항만에 위치하고 있어서 일찍부터 샌프란시스코로 중국과 일본 등지에서의 이민이 많았고 그러다 보니 새로운 종교나 사상, 문화에 대한 수용도 미국의 다른 어느 곳보다 빠르고 개방적이다. 특히 종교 쪽에서는 일본의 선禪불교와 인도 힌두교의 여러 종파가 초창기에 들어왔고 그리고 그 뒤를 또 티베트 불교가 이어 전파되었다.

나와 부처님 법의 첫 인연은 이곳 버클리에서 아주 우연한 기회에 시작되었다. 어느 오후 학교 수업을 마치고 기숙사로 돌아가는 도중 길거리에서 빨간색 승복을 입으신 어느 스님을 우연히 보게 되었다. 스님의 승복 색깔이 낯설어 나도 모르게 그 스님께 어느 나라에서 오셨는지를 물어보게 되었는데 그 스님께서는 갑자기 말을 걸어온 어린 대학생에게 당황한 내색도 없이 아주 친절히 대답해 주셨다.

본인은 티베트 승려이고 현재는 인도에 살고 있으며 미국에 두 달 정도 방문하러 왔다는 것이다. 길거리에서의 대화가 길어지자 스님께서는 본인이 묵고 계신 아파트로 나를 초대하셨고 나는 세상에 태어나서 처음으로 스님과 같이 앉아서 차를 마시면서 긴 대화를 나누게 되었다.

그런데 이상하게도 나는 그 스님과의 대화가 아주 편하고 심지어는 친숙하게 느껴졌다. 스님께서는 불교에 대한 기본적인 가르침을 말씀해 주시고 문수보살 사진을 주시면서 간단한 불교 명상법을 나에게 가르쳐 주셨다. 가르쳐 주신 불교 명상 수행을 2주 정도 하고 나서 질문이 있으면 다시 찾아와도 좋다고 하셨다.

나는 그날부터 조금이라도 시간이 나면 스님께서 가르쳐 주신 불교 명상을 하게 되었고 그 후 종종 그 스님이 계신 아파트로 찾아가서 부처님 가르침과 불교 명상에 대해 점검받고 이것저것 여쭈어 볼 수가 있었다.

그런데 나중에 알고 보니 나와 인연이 된 그 스님은 티베트 불교 가규파의 덕망 있는 린포체 스님으로 미국 제자들의 요청으로 버클리대에 오신 것이었다. 다시 인도로 떠나시기 전에 제자들의 요청으로 관정 법회를 이틀간 여셨는데 그때야 나는 비로소 그 스님께서 얼마나 큰 스님이신지를 알게 되었다.

법회장으로 들어서는 순간 법회장을 가득 메운 그 스님의 미국 제자들을 보고 미국 사람들이 이렇게 불교에 관심이 많구나 하는 것을 처음으로 느꼈으며, 그 스님의 법문을 듣기 위해 시애틀에서까지 비행기를 타고 온 사람들이 있다는 사실이 놀라웠다. 처음 참석해 본 티베트 불교의 관정의식과 밀교의 가르침이었지만 린포체 스님이 친숙하게 느껴져서인지 그렇게 어렵다고 느껴지지는 않았다.

인도로 떠나시기 이틀 전에 마지막으로 스님을 잠깐 뵐 수가 있었다. 이렇게 만나 주시고 개인적으로 가르침을 주셔서 정말 감사하다고 큰절을 올리자 스님께서는 항상 손에서 놓지 않으시던 염주를 주시면서 어린 나에게 전생으로부터 부처님의 가르침과 인연이 깊으니 대학교에서 꼭 불교를 공부해 보라고 당부하셨다.

두 달이 안 되는 짧은 기간이었지만 린포체 스님과의 인연을 통해 나는 정식으로 부처님 법을 만나게 된 것이다. 그 후 스님께서 당부하신 대로 미국 불교학계의 아주 큰 학자이신 루이스 랭케스터Lewis Lancaster 교수님의 수업을 듣는 것을 계기로 나는 버클리에서 종교학 전공을 결심하게 된다.

하버드대학교 Harvard University

하버드에서 울다

버클리대에서 린포체 스님과의 인연이 있은 이후 종교학을 전공하게 되면서 불교를 비롯한 여러 종교에 대한 관심이 부쩍 많아지게 되었다. 그러면 그럴수록 학교에서 책을 통해 배우는 것이 아니라 린포체 스님을 만났을 때처럼 위대한 성자나 깨달은 스승을 만나 직접 가르침을 받고 수행해 보고 싶다는 생각이 간절해졌다. 그래서 시간이 날 때마다 수행자들 사이에서 잘 알려진 성자나 깨달은 스승님들을 찾아다니는 구도의 행각을 한동안 하게 된다.

어려서 그랬는지 지금 생각해 봐도 나는 간절하고 순수했으며 그래서 아마도 좋은 인연을 어렵지 않게 인도, 미국, 한국

둥지에서 많이 만나게 되었던 것 같다. 인도에 가서는 미국 교수님의 소개로 펀잡 지역에서 신비학파로 유명한 '라다 소아미 셋상 베아스Radha Soami Satsang Beas'를 찾아가 우리 내면의 빛을 보고 소리를 듣게 해 주는 수행법을 가르쳐 주시는 스승님을 만나 가르침을 받았으며, 뭄바이에서 멀지 않은 가네시 푸리에서는 책을 통해 익히 알았던 묵다난다의 법을 이어받으신 스승 구루마이Gurumayi로부터 몸 안의 샥티를 열어 쿤달리니를 일깨워 주는 경험을 했다. 또 다람살라로 가서 잠간이지만 어린 나이에 달라이 라마 승왕과 라티 린포체, 링 린포체, 트레장 린포체, 네충 쿠텐라 스님들을 개별적으로 만나고 관정 법회에 참여하는 영광도 얻게 된다.

미국에서는 친구의 소개로 이름이 라마Rama라고 하는 백인 스승을 만나게 되었다. 그분은 몸 안의 차크라를 모두 열어 하나하나의 차크라 속으로 집중해 삼매를 차례대로 경험하게 하는 법을 가르쳐 주셨다. 그 스승께서 명상을 하기 시작하면 온몸 주위로 금색의 광명이 비치면서 그 빛 속으로 그분의 육신이 완전히 사라져 버리는 모습을 여러 번 보았다. 한국에서는 불교 안팎의 큰 어른들을 뵙게 되었는데 혹시라도 그분과 제자

분들에게 누가 될까 싶어 구체적인 이야기는 여기서 하지 않도록 하겠다.

그런데 지금 생각해 보면 나는 20대 초반까지만 해도 깨달음의 척도를 어떤 신비한 깨달음의 체험이 있었는지 없었는지를 가지고 분별하였다. 체험에서 나온 스님의 신비한 경험담이나 신통력은 있는지 없는지, 또 구도자 사이에서 얼마나 많이 알려져 있고 어떤 평가가 내려져 있는지 등이 주로 참고가 되었다. 그런데 시간이 지날수록 그러한 특별한 체험은 왔다가 사라져 버린다는 것을 깨달았다. 마치 놀이공원의 롤러코스터를 타는 것처럼 흥미롭고 아주 특별한 경험이지만 그것 또한 결국 무상無常한 것이었다. 또 유명한 스승이 그런 가르침을 주면서 제자들에게 많은 돈을 요구하거나 깨달음의 체험이 있었다는데도 제자들에게 습관적으로 쉽게 화를 내고 자기중심적 사고에 전혀 자비하지 않은 모습을 보면서 내가 가지고 있는 깨달음의 기준이 분명 잘못되었다는 생각을 하게 되었다.

그러한 작은 깨달음이 있은 후 특별한 체험을 하게 해 주는 유명한 스승을 찾아다니는 방황은 버클리대 졸업 후 하버드대 석사 프로그램에 들어가면서 많이 쉬게 된다. 그러다 우연히 여름방학 때 지인의 소개로 한국의 어느 노스님을 알게 되었는데 나는 처음 그 스님을 뵙고 나도 모르게 엉엉 울음을 터뜨렸다. 왜 울었는지는 지금도 미스터리인데 굳이 말로 표현하자면 전생부터 알고 뵙고 싶어했던 분을 마침내 다시 만나게 되었는데 현재 내 의식은 그 스님을 몰라봐도 내 안의 무의식은 그분을 직감적으로 알아보는 것 같았다.

하버드대로 돌아와 1997년 가을에 공부하는 도중 나는 뜻하지 않은 역경을 맞게 된다. 한국에서 갑자기 IMF사태가 일어난 것이다. 하버드대에서 등록금 면제와 약간의 생활비를 받았는데 그것만으로는 물가가 비싼 보스턴에서의 생활이 불가능했다. 가끔씩 한국 속가에서 어렵게 부쳐 주시는 돈으로 나머지 생활비를 충당했지만 IMF사태가 일어나면서 그것마저 뚝 끊겨 버린 것이다. 턱없이 올라가는 환율에 한숨만 쉬면서 심적으로 무척 힘든 나날을 보냈다.

그런데 내가 정말로 힘들다고 느끼던 어느 날 한국에서 갑자기 전화 한 통이 걸려 왔다. 여름에 잠깐 뵙게 되었던 그 노스님이었다. 어떻게 내 전화번호를 아셨는지 스님께서는 달러

로 지금 생활하는 데 필요한 액수를 어려워하지 말고 말하라고
말씀하셨다. 그 말씀을 듣는 순간 갑자기 나도 모르게 나오는
눈물을 어찌할 수가 없었다. 전화기를 붙잡고 그렇게 많이 울
어본 적은 아마도 내 평생 처음이자 마지막이지 않을까 싶다.

지인의 죽음

하버드대에서 공부를 마칠 무렵 나에게 아주 충격적인 사건이 벌어졌는데 학교 수업을 같이 들으면서 평소에 잘 알고 지냈던 지인知人이 갑자기 교통사고로 죽었다는 이메일을 받은 것이다. 난데없이 날아온 비보에 너무도 놀라 정신이 멍하고 세상이 갑자기 멈추어 버린 느낌이었다. 수업도 같이 듣고 공양도 여러 번 같이 한 사이였는데 20대 젊은 나이에 그렇게 별안간 세상을 떠나다니 믿어지지가 않았다.

그의 죽음을 알려준 이메일에는 그가 어떻게 죽음을 맞이했는지 상세히 적혀 있었다. 그가 운전하던 차가 한밤에 큰 트럭과 부딪쳤다는 이야기, 긴 신체적 고통 없이 바로 죽음을 맞이했다는 이야기, 그의 부모님이 그의 죽음을 확인하기 위해 다음날 바로 캘리포니아에서 비행기를 타고 오셨다는 이야기, 학교에서 그의 죽음을 애도하는 작은 모임이 있을 것이라는 이야기 등이 적혀 있었다.

지인의 죽음이라는 말 앞에 그에게 더 잘해 주지 못했던 점들이 후회가 되고, 못 이룬 그의 꿈들을 생각하면 슬픔으로 가슴이 저렸다. 또한 머리 어느 구석에서는 삶이 이처럼 아무런 예고 없이 부서지기 쉽다는 생각이 반복해서 스쳤다. 죽음 앞에는 학위도, 돈도, 사랑도, 명예도, 권력도, 그 무엇도 아무런 소용이 없게 된다.

중국어 연수를 처음 갔을 때 만나게 되었던 이들 가운데 장張 선생님이라는 분이 계셨다. 그분은 한때 미국에서 잘나가던 기업의 중견 간부였다. 많은 보수를 받았고 겉으로는 성공한 사람처럼 보였다. 하지만 일주일에 80시간씩 일을 하다 보니 개인 생활이라는 건 없고 숨 돌릴 시간도 없이 오직 일뿐이었다고 했다. 그러다 직장 창업주가 40대 중반의 나이로 갑자기 죽는 것을 보았다고 한다. 본인보다 더 성공했고, 그러므로 더 많은 명예에 돈도 가지고 있었는데 죽음 앞에서 그런 것들은 별 의미를 가지지 못했다. 그 후 장 선생님은 생각했다고 한다. 만약 돈, 명예, 권력 같은 것을 죽음 너머로 가지고 가지 못한다면 우리는 죽을 때 무엇을 가지고 갈 수 있을까?

그는 그 후로 미국의 직장을 그만두고 원래 고향인 중국으로 돌아왔다. 비정부기구 NGO에 참가해 가난한 중국 농촌에서 교육 받지 못하는 아이들을 위한 구조 프로그램 활동을 시작한 것이다. 그분 말씀이 죽을 때 돈이나 명예, 권력은 가지고 갈 수 없지만 살면서 다른 사람들을 도와준 기억이나 도움을 받고 상대방이 기뻐하는 모습만큼은 가슴에 담아 죽음 너머로 가지고 갈 수 있지 않겠느냐는 것이다.

죽음이 언제 올지 모르니 지금 바로 수행하라는 부처님 말씀, 보살행을 통해 다른 이가 기뻐하고 감사해할 때의 그 기억만큼은 죽음 너머로 가지고 갈 수 있지 않을까라는 장 선생님의 말씀, 계속해서 나의 머릿속에서 되뇌었다.

언제 이루어질지도 모르는 성공 이후의 행복을 꿈꾸기보다는 지금 내 주변을 돌아보면서
다른 사람들과 함께 바로 느낄 수 있는 행복을 선택하자고 나는 이야기하고 싶다.

우리가 행복을 선택하기까지

작년 한국에 들렀을 때 서점에 베스트 셀러로 올라온 책 중에 눈에 띄는 제목의 책이 있었는데 바로 '공부하는 독종이 살아남는다' 라는 책이다. 책 제목부터가 섬뜩하고 자극적이어서 한동안 나의 뇌리에서 잊혀지지가 않았다. 그 책이 베스트 셀러로 올라온 것을 보고 살아남기 위해 어떻게든 독종이 되지 않으면 안 되는 현재 우리나라 젊은 세대들의 고뇌와 현실이 느껴져 마음이 좋지 않았다.

그런데 그렇게 독종이 되어 어떻게 하든 이 사회에서 성공하기 위해 몸부림치는 근본 이유가 무엇인지 우리는 한번 스스로에게 물어봐야 한다. 많은 분들이 성공하기 위해 분투하는 것은 아마도 성공하게 되면 본인과 가족들이 좀 더 행복해질 거라고 생각해서가 아닐까. 다시 말하면 지금은 성공을 위해서 죽어라고 고생하면서 살아가지만 언젠가 성공을 이루면 지금의 노력을 보상받을 수 있는 행복이 나를 기다리고 있을 거라고 생각해서가 아닌가 싶다.

그런데 정말로 본인이 원하는 어떤 목표를 이루어 냈을 때 우리는 과연 행복을 느끼게 될까? 나 같은 경우 처음 하버드대 입학 통지서를 받고 잠시 행복했다. 그런데 막상 하버드대에 들어가서 공부해 보니까 그 행복한 느낌은 어디 간 데가 없고 또 다른 목표점을 향해 달려가야만 하는 나를 발견했다. 또한 학교 안에서 공부하다 보면 이곳이 하버드대라고 하는 특별한 느낌은 사라지고 그냥 내가 다니는 학교라는 생각만 든다. 가끔 캠퍼스 안의 관광객들을 보거나 학교 간판을 너무나 중요시하는 한국에 들어가서 사람들의 반응을 보고 '뭔가 특별한가 보다'라는 생각을 할 뿐, 평소 학교에서 공부할 때는 하루하루 또 다른 목표를 위해 예전과 같이 끝없이 분투할 뿐이다.

다시 말하면 앞뒤 보지 않고 독종이 되어서 원하는 바를 성취했다고 해서 존재를 뒤흔들 만한 깊고 오랜 행복을 느끼는 것은 결코 아니다. 왜냐하면 중생심이라는 것은 하나의 성공을 이루어 내면 그것에 만족하지 못하고 이루어 낸 것보다 조금 더 큰 성공이 또 눈에 들어오기 때문이다.

내가 승려가 된 이유는 이렇게 한 생을 끝없이 분투만 하다 죽음을 맞이하기 싫어서였다. 무조건 성공만을 위해서 끝없는 경쟁만 하다가 나중에 죽음을 맞게 되면 얼마나 허탈할까 하는 깨달음 때문이었다. 다른 사람들에 의해서 만들어진 성공의 잣대에 올라가 다른 사람들에게 비칠 나의 모습을 염려하면서 그들의 기준점과 기대치를 만족시키기 위해 왜 그래야 하는지도 모르고 평생을 헐떡거리며 살다가 죽음을 맞이하고 싶지 않았다.

승복을 입게 된 후 가장 큰 변화라면 행복이라는 것은 어떤 목표를 이룬 후에 찾는 것이 아니라 지금 바로 내 주변을 살피면서 조건 없이 나누어 줄 때 행복이 바로 나와 같이한다는 것을 알게 되었다는 것이다. 절에서 신도님들 한 분 한 분을 위해서 진정으로 기도하고 있을 때, 주변에 어려운 일을 당하신 분을 위해 어떻게든 도울 수 있는 방법이 없을까 고민하고 있을 때, 도와주고 나서도 남에게 알리지 않고 그냥 잊어버리려고 애쓸 때, 적은 돈이더라도 순간순간 베풀었을 때, 나는 행복했다. 우리의 삶이 소중한 만큼 언제 이루어질지도 모르는 성공 이후의 행복을 꿈꾸기보다는 지금 내 주변을 돌아보면서 다른 사람들과 함께 바로 느낄 수 있는 행복을 선택하자고 나는 이야기하고 싶다.

사미승의 하루하루

삶을 가로지르는 무수한 인연들 중에 어떤 인연이 과연 좋은 인연일까 생각해 보면

시작이 좋은 인연이 아니라 끝이 좋은 인연이 참으로 좋은 인연이라는 생각을 하게 된다.

인연따라 와서 인연 따라 가는 사람들을 어찌 막을 수 있을까마는 그 인연의 끈들을

어떻게 매듭짓는가는 그 사람에게 달려 있다.

장미와 소나무

주중에 프린스턴대학교 Princeton University 에서 박사 공부를 하면서 주말에는 은사스님 절에서 소임을 맡아 일을 한 지도 벌써 3년이란 세월이 지나갔다. 은사스님 절은 뉴욕 도심과 멀지 않은 곳에 위치하다 보니 주말이 되면 항상 사람들로 붐빈다. 그러다 보니 그동안 나도 모르는 사이 많은 사람들을 만나게 되었다. 그런데 이들 가운데는 겉으로 화려한 장미꽃 같은 사람이 있는가 하면 내적으로 굳건한 소나무 같은 사람도 있다는 생각을 하게 된다.

지금으로부터 몇 해 전 일이다. 어떤 신도님이 점심을 공양하겠다며 사찰의 소임을 맡고 있는 스님들을 꽤 유명한 식당으로 초대한 일이 있었다. 절에 나온 지 얼마 되지 않았고 개인적으로도 잘 모르는 분이어서 자리를 피하려고 했는데 어른 스님들의 부탁으로 어쩔 수 없이 동석하게 되었다.

공양을 낸 사람은 속된 말로 한국에서 한때 '잘나가던' 어느 거사님이었는데, 아나나 다를까 공양 내내 자신이 한국의 거물 정치인들을 얼마나 많이 알고 있으며 또 한때 얼마나 큰 권력을 지녔는지를 침을 튀거기며 자랑했디. 기기디 자신은 꽤 많은 돈을 가지고 있다며 '앞으로 사찰 불사에 큰 도움이 될 수 있도록 많은 보시를 하겠다' 는 암시를 은근히 내보이기도 했다.

그 일이 있고 난 이후 그 거사님은 몇 차례 법회에 참석했는데 그때마다 스님들에게 했던 것과 비슷한 내용의 말을 사찰 안의 신도 임원들에게 자랑삼아 하고 다녔다. 그리고 절에 오면 으레 주지스님과 일 대 일 면담 하기를 원했고 서툰 영어단어를 굳이 섞어 가면서 미국 사람들에게 배울 점이 얼마나 많은지를 설명하곤 했다.

그러나 어느 날부터인가 금방이라도 엄청난 보시를 할 것처럼 떠들고 다니던 그 거사의 모습을 통 볼 수가 없었다. 소문에 의하면 다른 절에서 우리 절에서 했던 것과 비슷한 행동을 하면서 자신을 제대로 대접해 주지 않았던 우리 절에 대한 험담을 늘어놓고 다닌다고 했다.

이와 대조적으로 우리 절에는 어린이 법회 장소를 4년째 묵묵히 청소하시는 보살님이 있다. 어린이 법회가 끝나면 아이들이 먹다 남긴 음식 찌꺼기, 물감으로 더럽혀진 바닥, 종잇조각 등을 깨끗이 청소해 주시는 분이다. 이분을 대할 때마다 참불자의 전형을 보는 것 같아 가슴 한편에 뭉클한 감동이 일곤 했다. 이분은 조용하고 말이 없지만 한 번 하겠다고 약속한 일은 부처님과의 약속이라며 끝까지 책임을 진다. 어린이 법당 청소 외에 후원 설거지는 물론 가끔 접수부의 손이 달리면 싫은 내색 한 번 없이 묵묵히 일을 한다. 그러다 보니 4년이 지난 지금 우리 사찰에서는 그 보살님의 공로를 인정하지 않는 사람이 없게 되었고, 더 나아가 그분을 좋아하고 존경하게 되었다.

장미꽃은 자신이 가지고 있는 화려함으로 처음부터 많은 사람들에게 주목을 받으려고 한다. 그러나 장미의 화려함은 3일을 넘기기 힘들고 꽃 아래 가지에 솟아난 가시는 여러 사람들을 다치게 한다. 반대로 소나무는 처음에는 밋밋해서 확 끄는 매력은 없지만 사시사철 변하지 않고, 푸른 기개뿐만 아니라 자랄수록 넉넉해지는 그늘로 인해 갈수록 많은 사람들을 품 안으로 끌어안는다.

나는 소나무 같은 사람이 좋다. 남들이 보는 앞에서 큰 보시를 하면서 위세를 떠는 신도보다는 남들이 알아주지 않는 일에도 소리 없이 정성을 다하는 이들의 모습에서 더 큰 감동을 받기 때문이다.

칼이 가져다준 교훈

정초에 새로 산 칼이 결국은 사단을 내고 말았다. 작년부터 과일을 깎을 때 쓰던 칼이 변변치 않다는 생각이 들어 좋은 과도를 보면 하나 사야지 하고 마음을 먹었다. 그러다 우연히 작년 연말에 할인매장에서 좋은 칼을 하나 보게 되었다.

평소 물건을 살 때 사기 전 두 번 세 번 생각하는 버릇과 달리 그날따라 단박에 그 자리에서 물건을 바로 사버렸다. 특별한 장식 없이 단순하게 생겼지만 칼을 집어보니 아주 견고하여 사람으로 치면 말은 별로 없지만 열심히 일하는 믿음직한 일꾼 같은 느낌을 주었다. 과일을 깎아 보니 생김새처럼 자신이 맡은 일을 참 잘 해냈다.

그런데 사람이든 물건이든 너무 착을 두면 결국에는 탈이 나듯이 과일을 깎는 도중 새로 사 온 칼에 엄지손가락 끝을 베이고 말았다. 피가 홍건할 정도로 흐르는 것으로 봐 상처가 꽤 깊은 것 같았다. 소독약으로 소독하고 다른 한 손으로 오랫동안 지압을 했다. 어느 정도 피가 멈추자 연고를 바르고 반창고 두 개로 엄지손가락을 돌돌 감았다.

손가락에 난 상처를 치료하다 보니 문득 우리가 살아가면서 때로는 소독약이나 반창고와 같은 역할을 해야 할 때가 있다는 생각이 들었다. 스님이다 보니 신도님들이 평소에 일반 사람들에게는 잘 하지 못하는 가슴속 이야기를 종종 하신다. 그 이야기 가운데에는 살아오면서 자신에게 상처가 되었던 일들도 있고 지금까지 알게 모르게 다른 사람에게 상처를 주어서 후회하는 이야기도 있다.

그런 이야기를 들을 때마다 처음 들을 땐 아프겠지만 그 사람에게 도움이 되는 소독약과 같은 조언을 해 주어야 되기도 하고 어느 때는 그 사람의 상처를 감싸줄 수 있는 반창고와 같은 마음을 베풀어야 하기도 한다. 또한 상처가 다 아물기 전에 반창고를 함부로 떼어 내면 안 되듯이 그 사람이 겪은 상처받은 일을 함부로 다른 사람에게 발설해서도 안 되는 법이다.

그러나 지금 나 스스로를 반성해 보면 소독약과 같은 조언도, 반창고와 같은 너그러운 마음도 제대로 베풀지 못한 것 같다는 생각이 든다. 듣는 사람이 나의 조언을 곡해해서 들을까 두려워 잘못된 것인 줄 알면서 그냥 말없이 넘어간 때도 있었고, 어렵게 본인이 상처가 되었던 일을 말하는 것을 듣고 나서는 다른 바쁜 일을 핑계로 그 자리에서 바로 일어난 적도 있었다. 또한 상처를 받았던 일에 대한 이야기를 들을 때마다 그 많은 비밀을 다 지켜야 한다는 부담감에 힘들어한 적도 많았다.

칼로 손가락을 베인 지 두 주가 지난 지금 언제 그랬냐는 듯이 새살이 돋아났다. 몸의 상처건 마음의 상처건 시간이 어느 정도 지나면 이처럼 나아지기 마련이다. 무상의 법칙이 좋은 것에만 통하는 것이 아니라 힘들고 어려운 일에도 통한다는 것이 어쩌면 다행이라는 생각도 든다. 이번 일을 계기로 올해에는 꼭 내 주변 사람들에게 좀 더 소독약과 반창고 같은 존재가 되겠노라고 조용히 다짐해 본다.

우리 멧사발의 미美

얼마 전 신문에서 우리나라 진주 지방에서 만들어진 멧사발이 임진왜란 때 일본으로 건너가 국보가 되었다는 기사를 본 적이 있다. 진주의 멧사발은 원래 제사 때 밥(메)을 올리는 제기용으로 쓰였다는데 일본으로 건너가서는 쇼군이 차를 마실 때 쓰는 찻잔으로 변해 지금 많은 일본 사람들에게 그 아름다움을 인정받고 있다고 한다.

그러나 그 사발을 찍어 놓은 사진을 가만히 살펴보면 첫인상이 국보급으로 인정받기에는 참으로 투박하다는 느낌이 든다. 국보라 하면 고려청자와 같이 잘 다듬어진 화려한 모습에 익숙한 우리들에게 표면이 거칠고 좌우가 대칭을 이루지 않는

삐딱한 모습의 사발이 어떻게 일본에 가서 최고의 가치를 인정받는 국보가 됐는지 이해가 되지 않았다.

그런데 그 사진을 한 번 보고 두 번 보고 또 세 번 보고 이렇게 자주 보다 보니 사발이 참으로 편하면서 친숙하다는 느낌이 들었다. 마치 어릴 적 어리광을 마구 부려도 그냥 다 받아주시던 할머니를 뵙고 있는 듯한 느낌이었다. 고려청자와 같이 정교하고 화려한 귀족적인 멋은 없어도 닉닉하고 훈훈한 인심이 밴 듯한 그 모습에 일본의 쇼군도 감동 받아 그 사발을 자신의 찻잔으로 자주 애용한 것이 아닌가 싶다.

멧사발을 감상하노라니 아름다움이란 꼭 수학 공식처럼 완벽하게 잘 짜여 있는 그런 구성미構成美에만 있는 것이 아니라는 생각이 든다. 어딘가 모르게 부족한 듯 소박하면서도 자연스러운 모습, 그 모습에 또한 또 다른 아름다움이 있는 것이 아닌가 싶다. 자신의 멋을 죄다 드러내 놓는 그런 모습보다는 7할 정도 적당히 보여주고 나머지는 감상하는 사람 스스로가 느끼면서 해석해 낼 수 있는 여백의 공간을 갖고 있는 작품이 좀 더 고차원의 아름다움을 간직하고 있는 것이 아니겠는가.

대칭을 이루지 않아 삐딱한 모습이지만 멧사발은 오히려

그러한 모습을 간직하고 있기에 세상에 하나밖에 없는 고귀한 존재가 된 것이리라.

　인생에 있어서도 멧사발과 같은 사람을 만날 때가 있다. 은 사스님 절에서 소임을 맡으면서 알게 된 한 스님이 계시는데 그 스님 주변에는 항상 사람들이 많이 따른다. 그 스님이 세력이 있거나 큰 깨달음을 얻었거나 또는 특별히 교육을 많이 받았거나 하는 그런 분이 아닌데도 사람들은 시간이 지날수록 겨울에 안방 아랫목을 그리워하듯 그 스님의 훈훈함에 매료되어 그 스님을 찾는다. 첫눈에 완전히 반하게 하는 것이 아니라 시간이 지날수록 진가를 드러내는 스님의 모습은 화려한 유약으로 자신을 치장하지 않고 여백의 소박한 아름다움을 그대로 보여주는 멧사발을 연상케 한다.

　우리나라 사람들은 남이 좋다 하면 그냥 따라 하는 경우가 많다. 외국의 유명한 명품이라니까 너도나도 사고 유명 정치인이 골프를 치니까 너도나도 따라 치는 이것이 우리의 자화상이다. 그래서 소박하면 소박한 대로 부족하면 부족한 대로 자신의 향기를 간직한 멧사발 같은 사람이 그리운 것이다.

인생에 있어서도 멧사발과 같은 사람을 만날 때가 있다. 소박하면
소박한 대로 부족하면 부족한 대로 자신의 향기를 간직한 멧사발
같은 사람이 그리운 것이다.

어른들 장난감

작년 봄 어느 신도분이 한국으로 귀국하면서 그동안 고마웠다고 선물을 주고 가셨다. 작은 선물이라 해서 큰 부담을 가지지 않고 감사해하며 받았는데 막상 선물을 뜯어보니 비싼 고급 디지털 카메라였다. 약 두 달 전부터 '디지털 카메라가 하나 있으면 여러 군데 유용하게 쓸 수가 있겠구나' 라는 생각을 하고 있었는데 내 마음을 읽기라도 하셨는지 카메라를 주고 가신 것이다. 또 신기한 것은 예전에 전자상가를 둘러보다 '나중에 여유가 생기면 사야지' 하고 마음먹었던 바로 그 제품을 골라서 선물해 주신 것이다.

간만에 받은 선물에 신이 나 마치 어린아이처럼 아침저녁으로 카메라를 가지고 다니면서 이곳저곳 사진을 찍어 보았다. 군이 사진으로 찍을 만한 사물이나 사건이 있는 것도 아닌데 그저 새 카메라를 실험해 본다는 생각에 마구 찍어 댔다. 찍고 난 뒤 이미지를 더 멋있게 고쳐 본다고 컴퓨터 앞에서 많은 시간을 소비하기도 했다. 그런데 디지털 카메라 하나에 빠져 즐거워하고 있는 내 모습을 보고 있자니 문득『법화경法華經』비유품의 한 예화가 생각났다.

불타는 집 안에서 아이들이 장난감을 가지고 놀고 있었다. 아버지가 집에 불이 났다고 아무리 소리를 질러도 아이들은 장난감 가지고 노는 것에 정신이 팔려 말을 듣지 않았다. 그러다 아버지가 집 밖으로 나오면 지금 갖고 있는 장난감보다 더 좋은 장난감이 기다리고 있다는 말을 하자마자 아이들은 더 좋은 장난감을 얻기 위해 바로 불타는 집에서 나왔다는 구절이다. 부처님께서는 불타는 집을 비유로 들어 사바세계를 설명하시고 또 집 안에서 장난감을 가지고 놀고 있는 아이들을 중생에 빗대어 말씀하신 것이다.

그리고 보면 불타는 집 안에서 정신을 팔면서 가지고 노는 아이들의 장난감과 내가 흠뻑 빠져 들고 다니던 디지털 카메라가 별반 다르지 않다는 생각이 든다. 사실 우리 중생들은 어른이 되어도 '갖가지 다른 이름'의 장난감을 가지고 논다. 아이들의 장난감과 다른 점이 있다면 가격이 좀 더 비싸지고 사용 방법이 교묘해진다는 것뿐 우리 마음을 사로잡는 면이나 또 시간이 어느 정도 지나면 싫증을 내면서 새로운 장난감을 찾게 되는 것 등은 어린이나 어른이나 마찬가지인 것이다.

어떤 이의 장난감은 좋은 휴대폰이나 새 자동차가 될 수 있고 또 어떤 이에게는 비싼 옷이나 보석이 될 수도 있다. 축구나 야구와 같은 스포츠 게임 혹은 매일 아침 체크하는 주식시장의 변동 사항이 우리 중생들을 사바세계에 머물게 만드는 장난감일 수도 있다. 그 즐거움에 빠져 즐거워하다 또 새로운 '거리'를 찾아가는 똑같은 과정을 반복하고 있다.

디지털 카메라를 선물로 받은 지 일 년 정도가 지난 지금에 와서는 그 카메라를 별로 찾지 않는 나를 발견한다. 그 카메라는 한 반년 정도를 그냥 내 옷장 안에서 조용히 묻혀 지내고 있다. 살다 보면 제2, 제3의 디지털 카메라와 같은 존재가 내 삶에 분명 등장할 것이다. 다만 그런 장난감이 내 삶 속으로 파고들어 와도 그것들이 내 삶 안의 목표가 아닌 장난감이라는

것을 항상 인지할 줄 아는 여유와 지혜만은 잊지 않기를 바랄
뿐이다.

명품만을 고집하는 학생들에게

미국의 대학들은 6월 초순이면 대부분의 학기를 끝마친다. 그러다 보니 학생들의 이사가 여름철에 집중되게 되는데, 젊다는 이유 하나 때문에 나도 여름이 되면 연중행사처럼 학교 선·후배들로부터 이삿짐을 날라 달라는 부탁을 한두 차례 받게 된다.

이런 인연으로 지난주에도 중문과 박사 과정에 있는 친구로부터 논문 연구차 2년간 중국에 가게 되었다며 이삿짐 나르는 것을 도와 달라는 부탁을 받게 되었다. 내년에 나도 중국으로 떠날 계획이라 이것저것 물어볼 것도 있던 참에 잘되었다는 생각이 들었다.

이 친구의 이삿짐은 간단했다. 고작 25개가량의 박스와 간단한 가구 몇 개에 불과할 정도로 단출했고 그나마 박스 가운데 20여 개는 모두 책이니, 살림살이는 그야말로 한 줌에 불과할 정도로 적었다.

이삿짐을 대충 옮기고 나서 숨을 돌릴 겸 의자에 앉아 친구가 준비한 시원한 음료수를 마시며 잠시 이야기를 나누었다. 소그만 승합차 한 대 분량에 불과한 짐들을 우두커니 바라보고 있던 친구가 갑자기 나에게 말했다.

"참 우습지. 학부 때부터 지금까지 나의 10년간 인생이 저 조그만 트럭 안에 다 들어 있네. 다 정리해서 쌓아 놓으면 얼마 되지도 않는데, 가진 물건들을 펼쳐 놓고 살 때는 왜 그렇게 모든 것이 복잡하고 대단한 것처럼 느껴졌는지 몰라."

음료수를 다 마시고 마지막 이삿짐까지 나른 후 친구가 살던 기숙사 안으로 들어가 보니 아직도 정리하지 못한 물건들이 몇 개 남아 있었다. 오래된 전기스탠드와 더 이상 입지 않는 옷들, 그리고 7년 전에 큰돈 주고 장만했다는 침대 매트리스와 오디오. 친구는 혹시 필요한 물건이 있으면 가져가 쓰라며 작은 호의를 베풀었다. 친구의 말을 한 귀로 흘리며 이 물건들을 물끄러미 보고 있노라니 나도 모르게 '산다는 것이 참으로 무상無常하구나' 하는 느낌이 마음속 깊은 곳에서 밀려왔다.

7년 전 오디오를 처음 샀을 때 그는 분명 이 물건을 무척 아끼면서 소중히 사용했을 것이다. 먼지가 묻을까 틈틈이 청소해 주었을 것이고 오디오를 길들이기 위해 좋은 클래식 교향곡만을 주로 틀었을 것이다. 그런데 그렇게 소중했던 물건이 지금은 아무도 원하지 않는 흉측한 폐물이 되어 기숙사 한구석에 방치돼 있는 것이다.

위파사나 수행을 했던 남방 불교의 어느 큰스님은 "우리의 마음이 어떻게 변화하는가를 잘 관찰해 나가다 보면 어느 단계에 이르러선 우리가 어떤 일을 하려는 마음을 내자마자 그 순간에 벌써 그 일 자체가 내포하고 있는 무상無常을 보게 된다"고 말씀하셨다.

나 또한 폐물이 된 오디오를 보면서 내가 지금 가지고 싶어하는 물건들 모두가 시간이 지나면 아무리 좋고 비싸고 귀했다 하더라도 이처럼 아무도 원하지 않는 물건으로 변할 것이라는 진리를 깊이 체험할 수가 있었다.

사람들은 항상 좋은 물건이나 일에 집착한다. 그러나 이것은 모든 것이 항상 변화한다는 제행무상諸行無常의 진리를 알지 못하는 데서 오는 어리석음이다. 돌아오는 일요 법회에는 비싼 명품만을 고집하는 우리 절 중·고등부 아이들에게 내 친구의 오디오 이야기를 해 줄 생각이다.

끝이 좋은 인연

"미국이라는 이국땅에서 혼자 살면서 고생이 참 많았습니다. 그러나 사찰과 주변 사람들을 위해 봉사를 많이 했으니 그 공덕이 어디 가겠습니까. 한국에 돌아가 결혼하게 되면 사랑이 넘치는 화목한 가정을 이루시도록 기도하겠습니다."

이제 곧 미국 생활을 정리하고 한국으로 돌아가는 신심 깊은 어느 보살님을 위해 마련된 조촐한 환송식에서 은사스님은 이렇게 축원했다. 누가 시킨 일도 아닌데 10년 동안 절 일을 마치 자신의 일처럼 변함없이 했던 보살님이라 감회가 깊었던 것 같다. 이런 마음은 모두가 한결같아서 절 식구들은 못내 아쉬운 마음을 감추지 못했고, 보살님의 앞길에 장애가 없기를,

그리고 하고자 하는 모든 일이 원만히 성취되기를 함께 진심으로 기원했다.

그러나 세상살이에 양지가 있으면 음지가 있듯이 헤어짐에는 이런 아름다운 회향만이 있는 것은 아닌가 보다. 그 보살님이 떠나고 불과 며칠 후 절에서 이와 완전히 반대되는 불미스러운 일이 생겼기 때문이다.

2년 전부터 우리 사찰에서 어린이부를 관장하는 소임을 맡았던 비구니스님이 한 분 계셨는데 어느 날 온다 간다는 말도 없이 갑자기 사라졌다. 짐을 모두 싸 가지고 떠나신 것을 보니 완전히 인연을 정리한 듯싶었다. 아이들을 가르쳤던 경험이 많으신 분이라 아이들이며 선생님을 보조하던 어머니들이며 모두 기대가 컸는데 갑자기 훌쩍 떠나셨다는 소식을 통보 받고서 얼마나 당황했는지 모른다.

떠날 수밖에 없는 남모르는 개인 사정이 있을 수도 있었겠지만 큰 소임을 맡은 사람이 아무런 상의도 없이 야반도주하듯 사라졌다는 사실은 아무리 이해하려 해도 이해가 되지 않았다. 더 큰 문제는 남아 있는 구성원들에게 어떻게 이 일을 설명해야 하는가였다. 스님이 너희들을 두고 사라지셨다는 말을 어떻게 아이들에게 할 것이며 어떻게 어머님들을 이해시켜야 하나. 또 계획했던 프로그램들은 어떻게 해결해야 할까. 남아있는 사람들의 마음은 무겁고 답답하기 그지없었다.

우리는 평생을 통해 수많은 인연을 쌓는다. 삶을 가로지르는 무수한 인연들 중에 어떤 인연이 과연 좋은 인연일까 생각해 보면 시작이 좋은 인연이 아니라 끝이 좋은 인연이 참으로 좋은 인연이라는 생각을 하게 된다. 인연 따라 와서 인연 따라 가는 사람들을 어찌 막을 수 있을까마는 그 인연의 끝을 어떻게 매듭짓는가는 그 사람에게 달려 있다. 불교에선 현재의 끝이 영원한 끝을 의미하는 것은 아니라 했다. 무시무종無始無終이란 말씀도 그래서 있는 것이다. 다음 생에서 다시 만날 것을 대비해 지금 바로 여기에서 좋은 인연을 맺도록 노력하는 자세, 그리고 아름답게 마무리하는 노력, 그 자체가 바로 수행이 아닐까 싶다.

북경유학

그제야 나는 깨달았다. 자전거 도난의 원인은 부실한 열쇠에 있었던 것이 아니라 사람들로부터 탐심을 내게 할 만한 물건을 가지고 다녔던 바로 나한테 있었던 것이다.

북경 최고의 자전거

중국 북경에는 정말로 자전거가 많다. 내가 사는 대학교 주변에도 마치 사람 숫자보다 자전거 숫자가 더 많은 것처럼 보인다. 특히 아침 출근 시간이나 저녁 퇴근 시간에 거리에 나가 보면 자전거 부대가 도로를 반쯤 점령해 버리는 것 같다.

박사 논문 연구차 북경에 온 지 벌써 한 주가 지났다. 북경에 처음 도착한 날 길거리를 돌아다니면서 중국말로 시우츠修車라고 쓰인 곳을 종종 보았는데, 왜 길 한가운데서 자동차 수리를 하는지 이해가 되지 않았다. 그것도 보아하니 자동차를 고칠 만한 장비를 전혀 가지고 있지 않으면서 말이다. 나중에 여기서 말하는 차가 자동차가 아니라 쯔싱츠自行車, 즉 '자전차' 를 말하는 것이라는 것을 알고 '중국에서는 자동차만큼이나 자전거가 중요하구나' 라는 생각을 하게 되었다.

그래서 지난주에는 나도 자전거를 하나 장만할 생각으로 집을 나섰다. 자전거를 파는 곳을 세 군데 정도 둘러보다가 대학교 안에서 타고 다니기 좋을 만한 싼 것으로 하나를 골랐다. 가격 흥정을 하고 나서 자전거를 몰고 중국인 자전거 부대 안에 묻혀서 집으로 오니 마치 중국 사람이 된 것 같았다.

그런데 자전거를 산 지 사흘이 채 지나기도 전에 자전거 곳곳에서 이상이 생긴 것을 감지할 수 있었다. 자전거 페달이 약해서 다 떨어져 나가게 생겼고 체인에도 문제가 생겨 삑삑거리는 소리가 났다. 그런데 진짜 큰일은 자전거를 산 지 나흘째 되던 날에 발생했다. 학교 수업을 마치고 나오니 내 자전거가 온데간데없이 사라진 것이다. 혹시나 하는 생각에 30분 정도 주위를 둘러봐도 내 자전거를 찾을 수 없었다.

나랑 인연이 별로 없었던 자전거인가 보다 체념하고 다음 날 바로 또 다른 자전거를 사러 자전거 가게를 찾았다. 요번에는 쉽게 고장이 나지 않을 놈으로 돈을 조금 더 주고 샀다. 그리고 가게에서 파는 자전거 열쇠 중에서 가장 좋은 것을 따로 또 샀다. 설마 이렇게 견고한 열쇠까지 부수고 내 자전거를 훔쳐 가진 못하겠지 하는 마음에서였다. 그런데 이런 내 예상은 자전거를 산 지 단 2시간 만에 보기 좋게 빗나가고 말았다. 저녁 식사를 하고 나오니 아뿔싸, 내 자전거는 바람과 함께 사라져 버린 것이 아닌가!

학교에서 중국인 교수님과 같이 공부하는 친구들에게 물어보니 아무리 좋은 열쇠로 잠가 놓아도 소용이 없다고 한다. 실제로 교수님 친구 중의 한 명은 자전거에 열쇠를 9개 달고 다녔다고 하는데 심지어 그 자전거도 훔쳐갔다고 했다.

그제야 나는 깨달았다. 자전거 도난의 원인은 부실한 열쇠에 있었던 것이 아니라 사람들로부터 탐심을 내게 할 만한 물건을 가지고 다녔던 바로 나한테 있었던 것이다. 북경에서 최고로 좋은 자전거는 비싸고 고장 나지 않는 자전거가 아니라 여기저기 고장이 나더라도 길거리 수리공에게 고쳐 가면서 쓸 수 있는 손때 묻은 평범한 자전거인 것이다.

자전거를 산 지 2시간 만에 잃어버리는 '신기록'을 세우고 나서 지금 나는 길거리 자전거 수리공에게 물어물어 북경 최고의 자전거를 찾아 나섰다.

북경에서 최고로 좋은 자전거는 손때 묻은 평범한 자전거인 것이다.

중국어 공부

　　중국에 와서 생활한 지 벌써 반년이 지났다. 이곳에 살면서 계속 느끼는 것이지만 중국어는 참으로 독특하면서도 재미있는 언어라는 생각이 든다. 일단 한국어나 일본어처럼 주어에 따라 동사의 모습이 변하지 않는다. 그러므로 주어가 선생님이 되었든, 친구가 되었든, 아니면 어린애가 되었든, 동사 자체의 모습은 그대로이다. 또 프랑스어나 영어에서 볼 수 있는 복잡한 관사나 복수 단수 변화가 없다. 문법도 다른 언어에 비해 간단한 편이다. 그렇지만 중국어에는 다른 언어에서 볼 수 없는 중국어 나름대로의 특징이 있다. 그것은 바로 글자 하나하나마다 정해진 성조声调이다. 마치 오선지에 그려진 음계처

럼 중국어는 한 글자 한 글자에 정해진 음의 높낮이와 악센트
가 있는 것이다.

그런데 중국어를 공부하다 보니 모국어가 한국어라는 사실
이 오히려 중국어를 정확하게 발음하는 데 방해가 된다는 사
실을 감지하게 되었다. 한자를 보면 한국어를 통해 대강의 뜻
을 알 수 있다는 바로 그 점이 문제가 되는 것이다. 이미 한자
의 뜻을 알고 또 어떻게 그 한자를 쓰는지 알고 있다고 생각하
니 그 단어에 대해 모든 것을 알았다고 착각하게 되는 것이다.
대략 이렇게 발음하면 되겠지 하는 감으로 이야기하다 보면
정확한 성조로 말을 하지 않았기 때문에 오해를 불러오기도
하고 내가 말하려는 정확한 의사 전달이 안 되는 상황이 발생
하는 것이다.

북경에 온 지 얼마 안 되었을 때 북경에서 택시를 타고 청
화대학 동문 앞으로 갈 일이 있었다. 그런데 15분 정도 뒤에
택시 기사가 다 왔다고 하면서 내리라고 한 곳은 청화(淸华·칭
후아) 대학이 아닌 경무(经贸·징마우) 대학 동문인 것이다. 대강
배워서 알고 있던 성조와 발음이 드디어 이런 사태를 일으킨
것이다.

이 일이 일어난 후에 내가 느낀 것은 대략 아는 것과 정확하게 아는 것 사이에는 크나큰 차이가 있다는 사실이다. 중국어를 아예 몰랐으면 지도를 꺼내 내가 가려는 곳을 기사에게 확인해 줌으로써 원하는 곳에 갈 수 있었을 텐데 어설픈 발음으로 감을 잡아서 대략 말을 하다 보니 뜻하지 않은 결과를 불러일으킨 것이다.

훌륭한 피겨스케이트 선수나 다이빙 선수의 경기를 관전할 때마다 느끼는 점은 실력이 높은 선수일수록 그들의 연기는 억지로 힘들인 흔적 없이 아주 자연스럽다는 점이다. 무언가를 대강 잘하는 것은 그리 어려운 일이 아니지만 웬만큼 잘하는 수준을 넘어서 아주 잘하는 데에는 눈에 보이지 않는 3배, 4배의 노력이 필요한 것 같다. 언제쯤이면 나의 중국어가 자연스럽고 정확해질지 모르겠지만 그 목적지를 향해서 지금은 부단한 노력을 기울여야 할 때다.

텅 빈 중국

중국은 도대체 한국에게 어떤 존재인가? 특히 21세기에 들면서 이 질문의 무게가 갈수록 더 무거워지는 것이 느껴진다. 각종 서적과 대중 매체들이 중국의 향후 미래를 여러 각도에서 점치고 있고, 그런 각종 예측과 함께 언제부터인가 차이나 드림을 꿈꾸며 중국 땅을 밟는 한국 사람들의 숫자가 늘어나기 시작했다.

어떤 이는 중국 위기론을 내세워 앞으로 한국의 기술이 중국에 3~4년 안에 따라잡힌다고 이야기하는가 하면 또 어떤 이는 상해나 북경의 생활비가 한국 웬만한 도시 생활비와 맞먹는 수준에 왔다면서 이런 위기감을 더욱 부채질하기도 한다. 혹자는 이런 상황이 '기회'라며 자녀들의 조기 유학을 중국으로 보내기도 하고, 중국에 아예 공장을 세우거나 혹은 땅값이 오를 것을 기대하며 부동산을 사 놓기도 한다.

그런데 지금까지 내가 중국 안에서 본 모습은 중국 밖에서 들었던 모습과 많은 차이가 있는 것 같다. 겉으로 보기에는 1년에 경제성장률이 8~9%에 달하는 초고속 성장임에도 불구하고 빠른 성장에 동반한 각종 문제들이 산적해 있는 것이다.

예를 들어 보면 대도시 중산층과 농민 간의 소득 격차가 7~8배가 넘는 엄청난 수준이고, 청년 실업이 우리나라 못지않게 대단히 심각한 상태이며, 환경오염 또한 갈수록 위험한 수준에 도달하고 있다. 지방 관료들뿐만이 아니라 사회 전반의 부패 수준도 도를 넘은 상태이다. 심지어 중국에서는 살인을 하고도 연줄과 배경과 돈으로 큰 처벌을 막을 수 있다는 이야기도 공공연하게 들린다.

그런데 이런 사회적 문제 외에도 내가 바라본 중국은 더 심각한, 어떻게 보면 더 근본적인 문제에 직면해 있다. 그것은 바로 전통적인 가치관 상실에서 오는 중국인들의 정신적 공허감이다.

1960년대 중반부터 10년여간 진행된 문화대혁명文化大革命

의 여파로 몇 천 년간 내려온 중국 전통 사상, 종교, 윤리, 가치관과 각종 제도들이 거의 다 소멸되어 버렸다. 대신 그 빈 공간을 공산주의 사상이 한동안 점령하고 있었는데 구 소련이 붕괴되고 시장경제를 받아들이기 시작하면서 공산주의 사상에 대한 중국인들의 신념도 다시 한 번 붕괴되기 시작했다. 그러다 보니 지금 중국인들은 뿌리가 잘려나간 거대한 나무가 바다 한가운데 방향을 잃고 떠 있는 것과 같은 모습을 하고 있다.

지금 중국인들에게는 삶을 살아가는 이유도, 목표도, 아니 그런 것들을 생각할 여유도 없어 보인다. 그저 믿을 것은 돈 버는 것밖에 없다는 생각에 윤리도 도덕도 모두 상실된 상태에서 법의 망을 어떻게 빠져나갈까 고민하며 자신의 일에만 열중하고 있다. 시민의식도 없고 다른 사람에게 양보한다거나 다른 사람을 위해 봉사한다는 개념도 없어 보인다. 온 나라가 눈에 보이는 번쩍거리는 고층 건물 세우는 것에만 열중할 뿐 공허해질 대로 공허해진 자신들의 마음속은 들여다보지 않는다.

천안문 앞에는 커다란 광장이 있다. 중국인들은 이곳을 중국의 심장이라 한다. 그런데 이 광장을 지나갈 때마다 나는 텅 빈 중국인들의 마음을 보는 것 같아 가슴이 저린다.

한민족

북경시 삼리둔(三里屯 · 쌴리툰)이라는 지역에는 많은 외국 대사관들이 위치하고 있다. 얼마 전 택시를 타고 그 지역에 있는 캐나다 대사관 옆을 우연히 지나갈 기회가 있었다. 그런데 택시 창을 통해 본 캐나다 대사관의 외부 벽은 요새를 방불케 할 정도로 아주 높고, 뾰족하고, 층층으로 둘러싸여 있는 것이다. 왜 이리 요새처럼 만들어 놓았는지 궁금해서 중국 택시 기사한테 물어보니 몰래 캐나다 대사관으로 들어가려는 '조선' 사람들을 막기 위해 그렇단다. 조선 사람…. 이 말을 택시 기사한테 듣는 순간 나도 모르게 얼굴이 화끈해지면서 알 수 없는 애잔한 감정이 들었다. 저 대사관의 담벼락을 저렇게 높이

올려 만든 이유가 바로 내 민족 때문이었다니. 갑자기 이 일이 나와 전혀 상관없는 일이 아닌 것 같은 느낌이 들었다.

1999년 여름, 처음 중국으로 단기 언어 연수를 왔을 때였던 것 같다. 도착하자마자 바로 유명한 자금성으로 향했다. 자금성 입구에서 입장권을 사고 있는데 아홉 살 정도 되어 보이는 어린아이가 나에게 와서 동냥을 하는 것이었다. 그런데 동냥하는 그 거지 아이는 중국말이 아닌 북한 사투리가 섞인 한국말로 나에게 말을 하는 것이었다. 난생 처음으로 북한 사람을 우연히 만났는데 그 사람이 바로 북한을 몰래 넘어온 아홉 살된 아이라니! 너무 놀라고 서글퍼서 그날 자금성을 보는 둥 마는 둥했던 기억이 있다.

중국에서 북한 사람과의 우연한 인연은 또 있었다. 티베트불교에 대해 공부하는 박사 과정의 미국인 친구가 나에게 한국 음식을 본인이 공양하겠다고 해서 가 보니 북경의 어느 북한 식당이었다. 치마가 짧은 전형적인 북한식 한복을 입은 종업원이 나와 우리들을 테이블로 안내했다. 난생 처음 보는 북한 메뉴판으로 북한 종업원에게 북한 음식을 주문하고 나니 신기하기도 하고 반갑기도 하고 그랬다. 북한 정부 차원에서 선발해서 보냈는지 종업원 한 명 한 명은 모두 출중한 외모에 세련된 매너를 갖추고 유창한 중국말을 구사하고 있었다.

같은 한민족으로서 물어 보고 싶은 말도, 하고 싶은 말도 많았다. 어디서 왔는지, 형제가 어떻게 되는지, 북한 생활은 어떤지 등등 여러 가지가 궁금했다. 그런데 차마 그런 질문을 할 수가 없었다. 혹시라도 그쪽에서 나의 호기심으로 인해 불편해할까 봐, 또 남한 사람들을 상대할 때 내가 모르는 그들만의 어떤 규칙이 있을까 걱정되어서였다. 같은 동포를 타국에서 만났지만 반가움 반半, 알 수 없는 긴장감 반半이 저녁 공양 내내 나와 북한 종업원 사이를 가로지르고 있었다.

중국에 살면서 참으로 부러운 것이 하나 있는데 바로 중국과 대만 간의 활발한 문화 및 인적 교류이다. 중국에서도 대만의 유명한 음악이나 영화를 쉽게 사서 듣고 볼 수 있고, 대만 사람들은 중국을, 중국 사람들은 또 대만을 마음대로 왔다 갔다 할 수가 있다. 남북으로 갈려 반세기 넘게 정치뿐만이 아니라 문화적으로도 단절되어 온 우리 한민족에게는 중국과 대만의 현 상황이 참으로 부럽기만 하다.

언제쯤이면 묘한 긴장감 없이 편안하게 그 식당에서 다시 음식을 먹을 수 있을까? 자금성에서 본 북한 아이의 절박함과 식당에서 만난 북한 종업원의 미소 사이에서 내 얼굴은 지금 알 수 없는 슬픈 쓴웃음만 가득하다.

말을 하지 않아도 알아서 챙겨 주길 바라는 마음이 조금이라도 있다면 차라리 처음부터 본인이
원하는 것, 느끼는 것을 그대로 말하는 것이 같이 있는 상대방을 오히려 돕는 경우가 된다.

화초와 금붕어

아침저녁으로 불어오는 찬바람에 계절의 변화를 감지한다. 애석하게도 북경 시내에 있는 대부분의 나무들은 가을이 되어도 단풍이 들지 않는 품종으로만 골라 심어져 있는 듯하다. 하늘을 바라보니 오늘밤은 유달리 달이 밝다. 평소에는 공해 때문에 하늘 속 모습을 잘 볼 수 없었는데 북쪽에서 불어오는 찬바람 덕에 북경의 하늘도 모처럼 깨끗하게 세수를 한 듯하다. 조금은 차가운 공기를 마시면서 달을 보며 걸으니 정신이 맑아지면서 예전에 비해 많이 단순해진 북경에서의 내 삶에 감사함이 느껴졌다.

얼마 전에 나는 작은 화초 하나와 금붕어 다섯 마리를 내 방의 새 식구로 맞아들였다. 학교 공부를 마치고 집으로 오는 길에 노상에서 파는 화초들과 금붕어들이 눈에 띄었던 것이다. 아무것도 없이 혼자 오랫동안 지내다 보면 본인 정서에도 좋지 않고 성격에도 이상이 온다던 옛 도반의 농담이 불쑥 생각나서였다. 화초는 잎이 좀 크고 건강해 보이는 놈으로, 금붕어는 눈이 옆으로 뽈록하니 나온 재미있게 생긴 놈으로 골라서 데리고 왔다.

집에 와서 나와 인연이 닿은 화초와 금붕어를 일단 목욕시켰다. 헝겊에 물을 묻혀서 화초 잎 하나하나를 정성스레 닦아 주었다. 그러고 나서 화초에 적당히 물을 준 다음 햇볕이 드는 창문 근처에 자리를 잡아 주었다. 금붕어도 같이 사 온 작은 어항에 깨끗한 물을 부어 금붕어 집을 마련해 주었다. 금붕어 먹이도 한 20알 정도 같이 주었다. 온통 하얀색으로만 가득했던 내 방에 녹색과 주황 빛깔이 들어서니 갑자기 생기가 나는 듯했다. 금붕어가 들어 있는 어항을 가만히 들여다보고 있으니 일종의 책임감 같은 것도 느껴지는 것 같았다.

그런데 그렇게 좋던 것도 잠시. 화초와 금붕어를 사 온 지 일주일이 채 되기도 전에 이상이 생기기 시작한 것이다. 화초는 잎새가 힘없이 시들해지고 어항에 있는 금붕어는 한두 마리씩 죽어 가는 것이다. 곰곰이 이유를 생각해 보니 아마도 내가 물과 먹이를 너무 많이 준 것 같다. 죽은 물고기 배가 뽈록하니 나온 것을 보니 먹이를 10알 정도만 주어도 되었을걸 하는 생각이 들었다.

어려서 깨닫겠다고 큰스님들을 찾아 나선 적이 있었다. 그때 내가 만나 뵌 큰스님들은 쌀쌀맞을 정도로 제자들에게 관심이 없는 듯했다. 아무리 깨달음에 목말라하는 제자들이라도 따로 특별한 가르침을 주는 법이 없는 것처럼 보였다. 큰스님의 무관심에 어떤 제자들은 마음을 상해서 떠나는 경우도 보았다.

그런데 큰스님의 무관심은 적당한 때를 기다려 화초와 금붕어에게 물과 먹이를 주는 주인의 마음과도 같은 것이 아니었을까. 너무 많은 먹이를 한꺼번에 주면 오히려 해가 되는 것을 알기에 스승님은 무관심처럼 보이는 관심으로 제자를 지켜본 것이 아닌가 싶다. 이 마음을 좀 더 일찍 알았더라면 마음 상해 떠나갔던 도반들을 진작에 위로해 줄 수도 있었을 텐데 하는 생각도 든다.

날이 추워진다. 내일은 은사스님께 문안 전화를 올려야겠다.

느끼는 대로 말해 보세요

북경에는 우리나라에서 온 유학생도 많지만 그에 못지않게
미국이나 유럽에서 공부하러 온 이들도 상당히 많다. 미국에
서 오랫동안 공부한 경험이 있어서인지 아니면 나도 중국에
사는 같은 외국인이라서 그런지 쉽게 그들과 친해지고 많은
이야기를 나눌 기회가 종종 생긴다. 그런데 서양인 친구들과
이야기하다 보면 중국인이나 한국인, 일본인들과 대화할 때와
는 상당히 다른 점을 다시금 느끼곤 한다.

모든 서양인들이 그렇다고 할 수는 없지만 내가 만나본 북
경의 북유럽 친구와 미국인들은 자신이 원하는 바가 무엇인지
잘 알고 그것을 다른 이들에게 명확하게 말로써 표현해 낸다.

예를 들면 식당 같은 곳에 가서 음료수를 마실 때이다. 우리나라 사람들은 흔히 같이 온 친구나 손님이 마시는 것과 같은 것을 주문하거나 여러 명의 사람들과 같이 왔을 경우 본인이 원하는 음식보다는 그룹이 원하는 대로 그냥 따라 가는 경우가 많은데 서양 친구들은 아무리 큰 자리라고 하더라도 다른 사람 상관하지 않고 본인이 원하는 음식을 스스럼없이 시킨다.

또 다른 경우를 보면 친한 친구 사이라도 이야기를 하다 보면 자신이 가지고 있는 믿음이나 생각과 차이가 나는 부분이 있을 수 있는데 우리나라 사람들은 혹시라도 이야기 도중 상대방의 감정이 상할 것을 우려해서 본인의 생각을 감추는 경우가 많다. 그런데 나의 서양 친구들은 친구를 좋아해도 친구의 토론 내용이 옳지 않다면 토론의 내용과 토론하는 자를 구분해서 끝까지 본인의 의견을 피력하려 한다.

처음에는 이런 서양 친구들의 태도가 상당히 자기중심적이고 다른 사람의 감정을 고려하지 않는다는 면에서 나는 그들의 사고방식을 받아들이기가 거북했다. 그런데 최근 들어 본인의 의견이나 본인이 원하는 바를 다른 사람들을 고려한 나머지 명확하게 말하지 못하는 경우도 무조건 좋은 것만은 아니라는 생각을 가지게 되었다. 특히 본인이 느끼는 것을 느끼는 대로 이야기하지 못하고 그것들을 숨기거나 느끼는 바와 다르게 이야기하는 경우 모두 문제가 된다는 생각이 든다.

문제가 되는 이유는 먼저 다른 사람을 고려한다는 이유로 느끼는 대로 이야기하지 못하는 사람의 경우 그 사람이 정말로 무엇을 원하는지를 몸과 표정의 언어로 읽어 내야 하는 부담이 고스란히 친구에게 갈 수 있기 때문이다. 본인이 원하는 것이 무엇인지 이야기하지 않는다고 해서 그 사람이 아무것도 원하지 않는 것은 아니다. 말은 하지 않지만 친구가 알아서 그것들을 은근히 챙겨 주길 바라는 마음도 마음 어느 구석에는 있을 수 있다는 것이다. 그런데 그것을 이야기하지 않음으로 해서 상대방을 더 어렵게 만드는 것이다.

말을 하지 않아도 알아서 챙겨 주길 바라는 마음이 조금이라도 있다면 차라리 처음부터 본인이 원하는 것, 느끼는 것을 그대로 말하는 것이 같이 있는 상대방을 오히려 돕는 경우가 된다. 그러한 무언 중의 요구가 계속되어도 부합되지 않았을 경우 가슴에 쌓아 두었다가 어느 날 가서 폭발하는 사람들을 종종 본다. 중국인이나 한국인, 일본인들과 룸메이트를 해서 같은 아파트에 살고 있는 서양인 친구들이 종종 '폭발' 하는 룸메이트를 전혀 이해하지 못하겠다고 하는데 그 이유를 너무나 잘 알고 있는 나는 터져 나오는 웃음을 참지 못하고 만다.

axis
Mundi

미국 대학 강단에 서서

나 같은 경우 1시간 20분 수업에서 특별한 경우를 빼고 40분 이상 강의 하지 않는다. 나머지 시간은 학생들에게 질문해서 스스로 사고하도록 요구한다.

미국에서 교수 되는 길

미국 대학 인문계열에서 박사 학위 받는 데 필요한 기간이 평균 7년이란다. 내가 박사 학위 공부를 하고 있는 프린스턴 대학교Princeton University 같은 경우는 보통 2~3년 동안의 코스 워크를 마치고 나면 종합시험을 3학년 말 정도에 치른다. 그 시험 준비가 만만치 않기 때문에 2학년 때부터 줄곧 시험 준비에 매달리게 된다. 종합시험을 통과하면 박사 논문 계획서를 30~50쪽가량 준비해서 제출한 후 교수님들 앞에서 1차 심사를 받는다. 그 심사를 통과하면 내가 북경에서 했듯이 1~2년 정도 바로 자기 전공 분야의 필드로 나가서 그 분야 제일의 전문가를 찾아가 공부를 완성한다. 공부를 마치게 되면 보통 마지막 일 년을 미국으로 돌아가 논문을 완성하면서 교수 임용을 알아보기 시작한다.

미국에서의 교수 임용 과정은 길면서도 조금 복잡하다. 미국에서는 교수 임용 광고가 보통 가을 학기에 난다. 불교학과의 경우 미국종교학회American Academy of Religion의 웹사이트나 아시아 학술협회Association for Asian Studies의 웹사이트에 주로 광고가 난다. 그 광고를 보고 각 대학으로 편지, 이력서, 교수님들 추천서 3부, 본인의 교육철학과 교육방법론, 논문 샘플과 예전 학생들이 제출한 수업평가 결과, 대학원 성적표 등을 보내게 된다.

각 대학은 지원자들이 보낸 서류를 정리해서 보고난 후 1차 결과를 통보한다. 보통 종신제 고용 자리일 경우Tenure Track 적게는 30명, 많게는 400명 이상의 지원자가 몰린다고 하는데 그 많은 지원자 가운데 10~15명 정도를 추려서 1차 인터뷰를 실시한다. 1차 인터뷰는 30분 정도 전화로 하거나 학회 모임이 있는 장소에서 직접 만나 이루어지는데, 짧은 시간에 강한 인상을 남겨야 하므로 영어가 모국어가 아닌 외국인에게는 결코 만만치 않은 과정이다. 30분 동안 보통 3명에서 7명의 교수진이 다양한 각도에서 질문을 던지는데 그 많은 질문 하나하나에 지원자들은 대답을 잘해야 한다.

1차 인터뷰를 통과하고 나면 2차 인터뷰가 있는데 이때 각 대학은 1차 인터뷰를 한 사람들 가운데서 3~4명 정도를 골라 각 대학으로 한 명씩 부른다. 2차 인터뷰는 짧은 1차 인터뷰와는 달리 보통 1박2일 혹은 2박3일의 긴 시간 동안 이루어진다. 그 시간 동안 지원자들은 학생들 앞에서 실습 강의는 물론 본인의 논문과 관련해 1시간 정도의 발표를 따로 하게 된다. 발표가 있고 나면 30분 동안 질문이 오가는데 이 시간에 어떻게 질문을 받아 내는지를 교수진은 자세히 관찰한다. 또한 종교학과 교수님들 한 명 한 명과 아침이나 점심, 저녁 식사를 같이 하면서 개별 인터뷰를 하고 현재 학생들과 대학교 학장, 도서관 관장과 미팅을 하게 된다. 2차 인터뷰를 그렇게 마치고 나면 그 3~4명 중 한 명을 교수진이 모여 투표로 결정한다.

박사 학위 7년차인 나도 이제 곧 중국 생활을 접고 미국으로 돌아가 마지막 논문을 완성하면서 교수 임용 취업 시장에 본격적으로 뛰어들게 된다. 생각하면 할수록 긴장이 많이 되지만 나와 인연이 닿는 학교가 어딘가에는 있지 않겠는가 하는 생각이다.

프린스톤 대학교 Princeton University

공부 삼매

요번 여름이 끝나기 전까지 박사 논문을 마쳐야 하는 상황이다 보니 도서관에 있는 시간이 길어진다. 아침 9시 도서관 문이 열리면 바로 들어가 컴퓨터를 켜 놓고 공부하기 시작해 보통 저녁 9시까지 도서관에서 시간을 보낸다. 시간상으로는 하루에 12시간 정도를 도서관에서 보내지만 정작 정말로 집중해서 공부하는 시간은 8시간 정도 될까 말까다. 나머지 4시간은 공양하는 시간과 중간 중간에 도서관 주위를 경행하는 시간, 화장실 다녀오고 인터넷 체크하는 시간이다.

어쩌면 이번 8월 말까지 내게 150일간의 기도시간이 주어진 것 같다. 사람들이 많이 있는 도서관에서 시간을 보내지만 거의 모든 시간을 혼자 보내게 된다. 나 나름대로 도서관 안에서의 규칙이 정해져 있어 같은 장소 같은 시간대에 공부를 하고 공양도 거의 매일 같은 식당으로 가서 거의 같은 음식을 먹게 된다. 이런 규칙적인 생활이 이곳저곳 돌아다니는 나의 의식을 어느 정도 한 곳으로 모으는 데 도움이 되는 것 같다.

어떤 때는 공부가 아주 잘되는 때가 있다. 마치 공부 삼매에 들어가 버린 듯하다. 그럴 때는 정말로 한 번 책상에 앉아 논문을 쓰기 시작하면 한 시간 두 시간이 눈 깜박할 사이에 지나간다. 또 공부를 하지 않는 시간에도 나도 모르게 의식이 논문 내용에 계속 집중돼 있다. 심지어 잠을 자면서도 다음날 쓸 논문 내용을 생각한다. 그런 다음 날 아침에는 진도가 훨씬 많이 나간다.

공부 삼매에 들면 공부가 재미있어진다. 논문을 쓰면서도 그 안의 내용을 이렇게 쓸까 저렇게 쓸까 하면서 그 세계에 흠뻑 빠져 버리는 것이다. 일단 그렇게 그 세계 안에 들어가 있으면 이런저런 잡념이 없어져서 그런지 마음도 또한 편해진다.

그런데 처음부터 이런 공부 삼매에 들지는 않는다. 공부를 막 시작했을 때 공부에 전념하려면 꽤 많이 애를 먹는다. 논문

주제가 너무 딱딱한 것은 아닌지, 너무 광범위하게 잡은 것은 아닌지 등등 쓸데없는 의심이 들고 첫 문장, 첫 한쪽 글을 써 나가는 것이 몹시 힘들기도 하다. 이럴 때 이 과정을 잘 극복해 나가야 공부 삼매에 든다. 그리고 이 과정을 극복하는 데에는 열심히 노력하는 수밖에 없다. 잘 안 되더라도 포기하지 않고 꾸준히 하다 보면 첫 문장, 첫 한쪽, 첫 장章의 글이 완성된다.

사실 무슨 일이든 처음에 힘이 안 드는 일은 없다. 새로운 직장을 잡거나 새로운 사업을 막 시작해서 처음 일을 배우기 시작할 때 일이 어려워 포기하고 싶을 때가 많다. 마음공부나 기도를 처음 시작할 때도 마찬가지다. 새벽에 일어나는 것이 얼마나 힘들고 귀찮은지 모른다. 그런데 무슨 일이든 결실을 맺으려면 포기하면 안 된다. 그럴수록 몸에 익을 때까지 게으름 피우지 않고 꾸준히 하다 보면 그 나름대로 익숙해지면서 조금씩 편안해지고 나중에는 생각 못했던 재미와 힘도 붙게 된다. 이 사실을 모르고 너무 일찍 포기해 버리면 일에서 나오는 삼매의 재미를 영영 못 느끼게 되는 것이다.

교수 임용도 인연 따라

솔직히 조금은 한심스러웠다. 스님이 되어 가지고 속인이랑 똑같이 대학교수 임용을 받기 위해 이리 뛰고 저리 뛰어다닌 지난 석 달간의 내 모습이 누구에게 말하기도 창피스러웠다. 그러나 지금 이런 모습이 좀 우스꽝스러워도 미국 대학교에서 정교수가 되어 강단에 올라 미국 대학생들에게 부처님의 말씀을 나눌 수 있다면 그것도 스님으로서의 역할을 다하는 것이 아닌가 하는 생각으로 위안을 삼았다.

막상 1차 서류심사와 2차 면접을 통과했다는 소식을 받으니 기분이 참 좋았다. 미국 박사 학위생들과 당당히 경쟁하여 보통 100 대 1이 넘는 경쟁을 뚫고 마지막 4명 후보에 올랐다는 사실만으로도 스스로가 대견스러웠다. 그런데 그런 기분 좋은 소식이 하나 둘씩 더 들리더니 결국에는 모두 5개 대학에서 최종 후보에 올랐다는 소식이 날아왔다. 올해 미국 전체에서 동아시아 종교학 교수 종신제 임용 광고가 난 곳이 12개 대학 정도 되는데 그 가운데 다섯 대학에서 좋은 소식이 있었으니 일단은 어느 정도 성공한 셈이다. 하지만 마지막 후보에 오른 이들 한 명 한 명이 다 대단한 사람들이니 교수 임용이 될 것이라는 보장을 그 누구도 할 수가 없다.

마지막 관문은 각 대학으로 초대되어 대개 2박3일 동안 이루어진다. 그 기간에 각 대학 교수진은 4명의 후보 가운데 어떤 사람이 그 대학의 기대와 필요에 잘 부합하는지를 세세하게 살피게 된다. 우선 본인들의 연구 분야에 대한 발표가 있고, 그 이외 실제 수업에 초대되어 학생들에게 직접 강의를 한 시간 정도 해야 한다. 또한 공양 시간을 이용해 교수님 한 분 한 분과 개별 인터뷰를 한 다음 오후 시간에는 학장이나 도서관장 또는 학생들을 만난다. 5개 대학 가운데 세 군데가 사립대학이고 두 군데가 주립대학이다. 어느 대학은 학생 수가 3만 명이 넘기도 하고 어느 대학은 1400명 정도밖에 되지 않는다. 각 대학이 원하는 사람 또한 다 다르다. 어느 대학은 사회 종교학이나 종교철학의 이론을 본인 연구하는 데 잘 적용할 줄 아는 사람을 원하기도 하고 또 어느 대학은 수업 강의 능력이 탁월한 사람을 원한다. 또 어느 대학은 도교나 유교 전공자를 우대하기도 하며 또 어느 대학은 중국어 일본어를 둘 다 구사하면서 종교철학 쪽 접근보다는 종교역사학 쪽 접근을 선호하기도 한다.

지난 한 달 동안 미국 전국을 돌며 네 군데 대학에서 인터뷰를 마치고 아직 한 곳이 남아 있는 상황에서 희소식을 전해 들었다. 네 군데 대학 중 미 동북부 매사추세츠주에 위치한 사립대에서 나의 교수 임용이 결정 났다는 것이다. 그런데 재미있는 것은 그 네 군데 대학 가운데 나와 가장 잘 어울릴 만한 대학이라고 생각한 곳에서 나를 임용해 준 것이다.

아! 그렇구나. 이것도 인연이구나! 주립대처럼 학생들의 이름을 외울 수 없을 정도의 초대형 강의를 하지 않아도 되고, 한 학기에 두 과목씩 1년에 네 과목만 가르치면 되는 조건에다 3년에 한 학기씩 본인의 연구를 할 수 있도록 쉽게 해 주고, 한국종교학을 비롯해 내가 가르치고 싶은 과목을 마음대로 가르칠 수 있도록 학문적 자유를 주는 이 학교가 마음에 든다. 그리고 무엇보다 은사스님 절과도 차로 2시간 반 정도밖에 떨어지지 않았으니 모든 것이 그저 감사할 뿐이다. 이로써 나는 드디어 내 중생심이 만들어 낸 번뇌 하나를 놓는다.

미국 교육이 우수한 이유는 무엇보다도 공부가 학생들의 삶의 전부가 아니기 때문이다.

한국 불교는 없다

2000년 봄 해인사에서 사미계를 받기 위해 전국 각 사찰에서 행자들이 모여 3주간 집중교육을 받던 중 어느 강사스님께서 "지금 해인사에서 엄청 중요한 큰 불사佛事가 진행 중인데 그 불사가 어떤 내용인지 아십니까?"라는 질문을 던지셨다. 그 말씀을 듣고 아무도 답을 아는 이가 없어 서로 얼굴만 쳐다보고 있었다. 그러자 강사스님께서 "바로 여러분을 잘 교육시키는 것이 가장 큰 불사가 아니고 무엇이겠습니까?"라고 대답하셨다.

많은 분들이 불사라고 하면 대개 절에서 법당이나 불상, 탑 등을 만드는 일이라고 생각하신다. 그런데 그런 불사 못지않게 정말로 중요한 불사가 있는데 그것이 바로 사람을 길러내는 인재불사人材佛事다. 그렇지만 인재불사는 다른 불사와는 달리 겉으로 잘 표가 나지 않는다. 불사를 위해서 보시를 했다고 해서 본인의 이름이 물건에 새겨지지도 않고, 보시한 결과물을 눈으로 바로 확인할 수도 없다. 그래서 그런지 인재불사의 중요성을 인식하지 못하고 홀대하는 경우를 많이 보았다.

우리나라 안에서 보면 한국 불교가 아시아에서 유일하게 정통 선禪불교의 명맥을 이어가고 있다고 자부하지만 우리나라에서 비행기를 타고 조금만 나오기만 하면 우리가 스스로 자랑스러워하는 문화와 전통을 알아주고 인정해 주는 외국인들이 아주 드물다는 사실이다. 미국학계에 몸을 담고 있는 나의 경우 이런 상황을 너무나 자주 느끼는데 서양에서 동아시아 불교에 대한 논의가 일어날 때 일본 불교와 중국 불교를 이야기하는 사람들은 많지만 한국 불교의 예를 거론하는 학자는 거의 없다. 어떤 서양 학자들의 경우 선불교를 논할 때 한국 불교를 중국 불교의 아류로 취급하거나 그들의 레이더망에 한국이라는 나라 자체가 아예 잡히지 않는 경우도 종종 본다. 대학교에서 불교학 교수를 뽑을 때도 일본이나 중국 불교 전공자를 뽑는 경우는 많아도 한국 불교 전공자만을 뽑는 경우는 아직까지 한 번도 보지 못했다. 이런 현상이 벌어지는 가장 큰 이유는 우리 불교 문화를 외국에 알릴 수 있는 인재 양성과 외국과의 교류를 위한 다양한 인프라 형성에 한국 불교계가 그동안 너무도 소극적이었기 때문이다.

대만의 불광산사와 같은 경우만 해도 10년이 넘는 기간 동안 영어권에 있는 서양 대학생들을 위해 여름방학마다 무료로 3주간 템플스테이 프로그램을 운영해 오고 있다. 그 프로그램이 인연이 되어 중화권 불교를 전공하는 박사 인원이 상당한 것으로 알고 있다. 대만 법고산의 경우는 미국 유명 대학 출판사에 거액의 보시를 해서 중국 불교 출판 시리즈를 아예 만들어 버렸다. 또한 일본의 경우 일본 정부와 불교재단에서 주는 각종 장학금과 연구비 제도가 잘 갖추어져 있어 일본 불교를 연구하는 이들에게 돈 걱정 없이 공부를 할 수 있게 해 준다. 또한 사업을 해서 성공한 일본 불자들이 사회로 회향을 하려고 할 때 미국 여러 대학에다 세계적 일본 불교학의 미래를 위해 석좌 자리를 여기저기에 마련해 놓았다. 이러한 노력이 있으니 일본이나 중국 불교가 서양에서 많이 알려지는 것은 너무나 당연한 일이다.

그런데 우리나라의 경우는 어떠한가? 최근 대학원 선배인 현각 스님을 뵙고 이야기를 해 보니 한국 불교를 배우기 위해서 출가의 마음을 먹고 유럽과 북미에서 숭산 스님 제자들이 한국에 종종 온다고 한다. 그런데 와서 보니 한국인 위주로만 된 승가 고시나 행자 프로그램 때문에 한국을 떠나 외국인들을 위해 제도가 잘 정비된 일본의 사찰로 행로를 바꾼다는 것이다. 그뿐만이 아니다. 미국에서 유일하게 한국 불교를 UCLA(캘리포니아 주립대학교 로스앤젤레스)에서 지난 25년간 가르쳐 오신 로버트 버스웰Robert Buswell 교수님의 자리가 아직 석좌교수 자리가 아니고 원래 중국 불교 자리여서 잘못하면 버스웰 교수님 은퇴 이후 UCLA에서 한국 불교를 가르치는 분이 영영 사라질 수도 있단다.

현대는 옛날과 같이 하드웨어만 중시하고 그 안의 콘텐츠를 무시하면 망하는 시대이다. 아무리 훌륭한 법당을 많이 지어 놓아도 그 안에서 가르칠 이가 없으면 아무런 소용이 없다. 지금부터라도 인재불사에 노력을 기울여 세계인들의 의식이 '한국 불교는 없다'에서 '있다'로 하루 빨리 전환되기를 기원해 본다.

미국 교육이 우수한 이유

미국 대학 강단에 올라 학생들을 가르친 지 어느덧 2년 반이라는 세월이 흘렀다. 미국 대학교에서 학생들을 가르치면서 느낀 바가 많고 배운 것 또한 많았다. 그런데 시간이 흐르면 흐를수록 교육자의 입장에서 미국 교육의 우수성에 감탄하는 순간이 많아지는데 평소에 느낀 예 몇 가지를 궁금해하시는 분들을 위해 소개해 볼까 한다.

미국 교육이 우수한 이유는 무엇보다도 공부가 학생들의 삶의 전부가 아니기 때문이다. 한국에서처럼 학교 성적만을 가지고 공부 잘하는 애와 못하는 애로 나누어 학생들에게 열등의식을 느끼게 하는 것이 아니고, 공부를 잘하면 잘하는 대로 못하면 못하는 대로 개개인이 가진 개성과 능력을 존중해 주는 교육문화가 있기 때문이다.

예를 들어 어떤 아이가 한국에서 공부 이외에 직접 영화를 만들고 싶어한다든가, 컴퓨터 조립이나 정원 가꾸는 것에 관심이 있다든가, 운동부에 들어 레슬링을 하거나 재즈 음악을 공부하거나 개그맨이 되기 위한 공부를 하겠다고 하면 부모님들은 시키는 공부는 안 하고 왜 '딴짓'을 하느냐고 아이들을 추궁한다. 그런데 미국에서는 아이들의 공부 이외의 '딴짓'을 성적만큼이나 중요시하고 존중해 준다.

실제로 대학 입학 때도 학생들이 학교 다니면서 공부 이외의 어떤 '딴짓'을 했는지가 학생들의 에세이나 선생님 추천서, 입학신청서 안에 드러나도록 요구하고 미국의 대학입학자격시험인 SAT 점수만큼이나 입학을 결정하는 데 중요한 역할을 한다. 하버드대와 프린스턴대 다닐 때 보면 만나는 한 명 한 명의 학생들이 범상치 않았는데 그 이유는 바로 공부만 잘하는 '공부벌레'가 아니라 공부 이외의 '딴짓'에서 나오는 다양한 경험을 모두들 최소한 한 가지씩은 가지고 있었기 때문이다.

둘째로 미국 교육이 우수한 이유는 장학금을 한국처럼 우수 학생 유치용으로 쓰는 것이 아니고 집안 사정이 어려운 학생들을 중심으로 베푼다는 점이다. 미국의 상위권 사립대학의 경우 일단 합격되면 집안 사정이 어려워서 학교를 다닐 수 없는 학생들에게 엄청난 장학금을 제공한다. 내가 현재 가르치는 미국 동북부의 작은 사립대는 1년 학비만 3만8000달러라는 엄청난 금액이 들지만 집안형편이 어려운 미국 학생이나 중국 유학생들의 경우 학비를 면제해 주고 생활비까지 주면서 다니게 해 준다. 그런데 이렇게 과감히 학생들에게 투자할 수 있는 배경에는 졸업생들의 기부문화가 있기 때문이다. 일단 학교에서 장학금을 받아 공부했던 아이들이 나중에 재정적으로 여유가 생기게 되면 본인이 어려웠을 때 도움 받았던 기억 때문에 학교에 기부를 하게 되는 것이다. 학교는 또 졸업생들을 잘 관리해서 평생을 두고 기부하도록 유도하기 때문에 실제로 4년 동안 제공한 장학금의 내역보다 더 많은 금액을 학교 측에서는 결국 돌려받게 된다. 나 같은 경우만 해도 하버드대 석사 과정과 프린스턴대 박사 과정 때 학교에다 돈 한 푼 내지 않고 다닐 수 있었다. 그리고 마음 한구석에는 내가 어려웠을 때 도움을 받은 만큼 여유가 생기면 꼭 돌려주어야지 하는 의

112

무감과 고마움이 항상 차지하고 있다.

셋째로 미국 교육은 지식 전달에 목표를 둔 수동적 교육이 아니라 주관적 사고 배양과 토론능력, 개개인의 창의성 표출에 맞추어져 있다. 교수가 전해 주는 지식을 얼마나 '바로' 이해했느냐가 아니라 그 지식을 가지고 어떻게 개개인이 사고하고 판단하느냐를 더 중요하게 여긴다. 그런 의미에서 미국 교육의 꽃은 토론 위주의 수업을 통해 개개인이 주장을 펼치고 반박하고 협의하고 상의해 나가는 과정에 있다.

나 같은 경우 1시간20분 수업에서 특별한 경우를 빼고 40분 이상 강의하지 않는다. 나머지 시간은 학생들에게 질문해서 스스로 사고하도록 요구한다. 이런 교육을 받은 미국 대학생들은 한국에서처럼 남들이 좋다고 하면 무조건 따라한다든가 배경과 권위를 앞세워 이야기할 때 그 권위에 눌려 아무 말 못하고 그냥 동조하는 경우가 드물게 되는 것이다.

마지막으로 미국 교육은 객관식 시험 문제처럼 정형화된 잣대를 가지고 점수 위주로 사람들의 능력을 일괄적으로 평가하려 하지 않는다는 것이다. 최근에 나에게 가장 놀라웠던 일은 한국에서 온 어느 이메일을 통해서였다. 한국의 어느 학회지에서 어떤 논문을 심사해 달라고 이메일 요청이 왔는데 놀랍게도 심사 기준이 탄력성 없이 딱 정해져 있고 그 정해진 기준을 보고 점수로 매겨서 보내달라는 것이다. 90점 이상이면 학회지에 등재할 수 있고 80점 이상이면 재수정을 요청하고 그 아래는 등재 거부를 한다는 것이다.

교수들의 학업 성과를 이렇게 점수화하는 한국 교육 시스템을 보니 학생들의 공부야 말할 것도 없다는 생각이 든다. 소위 말하는 '스펙' 을 쌓기 위해서 애를 써야 하는 한국 대학생들을 봐도 사람들이 가지고 있는 다양한 능력과 경험을 중시하는 것이 아니고 정형화된 몇 가지 자격증 취득을 능력이라고 여기는 듯해 우리나라의 현실이 정말로 안타깝게만 느껴진다.

하버드대에서 공부할 때 하버드 광장Harvard Square을 지나칠 때마다 항상 눈에 띄던 것 중 하나가 바로 달라이 라마 승왕의 모습이 크게 들어간 애플Apple 회사의 광고 포스터였다. 1990년대 중반만 해도 애플은 지금처럼 잘나가는 회사가 아니었는데 스티븐 잡스Steven P. Jobs 회장의 재등장과 함께 "다르게 생각하라Think Different"라는 회사 모토를 달고 변화하기 시작한다. 그 당시 달라이 라마 승왕의 사진을 광고에 쓸 정도

로 남들과 다르게 생각하는 것을 큰 가치로 여긴 애플이 지금
전 세계인들이 가장 열광하는 전자제품을 개발하고 있는 것은
절대로 우연의 일이 아니다.

법정 스님과 김수환 추기경님처럼

새 학기를 맞아 몸과 마음이 점점 분주해진다. 요번 학기에는 비교종교학개론을 가톨릭 전공 교수님과 같이 공동 강의로 진행하게 된다. 내가 교편을 잡고 있는 대학이 가지고 있는 장점 중 하나가 바로 다른 교수들과의 공동 강의를 권장한다는 점이다. 분야가 다른 두 교수가 만나 한 주제를 놓고 서로 협력해 가면서 학생들을 같이 가르치는 것이다.

학생 측에서 보면 두 명의 교수로부터 다양한 각도에서 심오하게 한 주제가 다루어진다는 장점이 있고, 교수의 입장에서는 관심은 있지만 혼자 가르치기에는 조금 무리이다 싶은 주제를 본인과 전공분야가 다른 교수와 함께 가르칠 수 있다는 장점이 있다. 나의 경우 이미 종교학 이론 수업을 철학 쪽으로 밝으신 교수님과, 불교 사회학 과목을 태국 불교를 전공하신 교수님과 함께 해 본 경험이 있다.

그런데 사실 요번 학기의 비교종교학 수업은 그 어떤 수업들보다 더 기대가 되었다. 그 이유는, 같이 수업을 진행하게 될 교수님은 젊었을 때 가톨릭 프란체스코회Franciscan Order의 수도사가 되기 위해서 8년 동안 공부하셨던 분으로서, 내가 항상 알고 싶어했던 가톨릭의 전통을 이번 기회에 좀 더 배울 수 있을 것이라는 기대 때문이다. 교수님 또한 불교에 관심이 많아서 예전부터 불교 전공자와 같이 가르치고 싶으셨단다.

학기 첫 수업에 공동 강의하는 교수님과 같이 들어가 학생들에게 먼저 토론을 할 수 있도록 질문을 하나 던졌다. 본인이 믿고 있는 종교를 다른 종교와 비교해 가면서 공부하는 것이 어떤 의미가 있고 또 이렇게 비교해서 공부를 하면 무슨 장점이 있는가 하는 것이다.

한 학생은 종교의 차이로 인해 지금도 세계 각지에서는 무수한 전쟁이 일어나는데 그 근본 이유가 서로에 대한 이해의 부족에서 기인한다고 보고 그러기에 자신의 종교 이외 다른 종교도 꼭 같이 공부를 해야만 한다고 열변을 토했다. 또 다른 학생은 밖으로 나타난 교리는 다르지만 이슬람교 안의 루미Rū mī와 같은 수피Sufi들이나 유대교 안의 카발라Kabbālāh 수행자들, 십자가의 성 요한Saint John of the Cross과 같은 가톨릭 성인들의 글을 비교해 보면 비슷한 점을 많이 발견할 수 있다고 말하면서 교리에만 집착하면 종교 간의 건널 수 없는 차이가 먼저 눈에 들어오지만 실제 실천 수행으로 들어가면 다른 점보다 비슷한 점을 더 많이 볼 수 있다고 발표했다.

그런데 이 학생의 이야기를 듣고 있자니 불현듯 우리나라의 법정 스님과 김수환 추기경님의 예가 떠올랐다. 두 분께서 종교는 다르지만 얼마나 서로에 대한 존경과 신뢰가 깊으셨는지, 또 종교 간의 벽을 허물고 서로 소통하고자 어떻게 직접 모범을 보이셨는지 등에 관해 학생들에게 이야기해 주었다. 또한 법정 스님께서 수계 법회차 뉴욕 은사스님 절에 오셨을 때 스님을 옆에서 모시면서 느꼈던 점과 김수환 추기경님께서 서거하시고 나서 법정 스님께서 추기경님을 애도하면서 쓴 감동의 편지글도 학생들에게 소개했다.

나의 이야기가 끝나자 같이 수업을 진행하던 교수님께서도 미국의 토마스 머튼 신부님과 달라이 라마 승왕의 예를 들면서 각각의 종교 속에서 오랫동안 깊이 수행하신 분들은 이처럼 자유롭게 종교 간의 담을 허무는데 종교에 입문한 지 얼마 되지 않거나 관념적으로만 종교를 이해하고 몸으로 실천하지 않는 사람일수록 스스로 종교의 벽을 만들어 오해와 갈등을 쌓는다고 말씀하셨다.

수업이 끝나고 내 연구실로 돌아와 추기경님을 애도하는 법정 스님의 편지글을 다시 읽어 보고 싶다는 생각이 들어 인터넷 접속을 했다. 스님의 편지글 중 추기경님에 대한 아래 부분은 읽고 읽고 또 읽어도 언제나 감동을 준다.

"하느님을 말하는 이가 있고, 하느님을 느끼게 하는 이가 있다. 하느님에 대해 한마디 하지 않지만, 그 존재로써 지금 우리가 하느님과 함께 있음을 영혼으로 감지하게 하는 이가 있다. 우리는 지금 그러한 이를 잃은 슬픔에 젖어 있다. 그 빈자리가 너무나 크다."

이 글을 읽을 때마다 나도 모르게 가슴이 따뜻해지고 법정 스님과 김수환 추기경님께 감사의 고개가 절로 숙여진다. 저희 후배 종교인들이 어떻게 서로를 존중하고 사랑하면서 같이 살아가야 하는지 그 모범을 직접 보여주셔서 두 분께 정말로 감사하고 정말로 존경한다고 말씀드리고 싶다.

사랑하는 마음 아파하는 마음

사랑은 그래서 내가 원한다고 아니면 내가 잘 준비가 되었다고 내 마음대로 하게 되는 것은 아닌 것 같다. 사랑은 본인의 의지와는 상관없이 어느 날 문득 손님과 같이 찾아오는 생의 귀중한 선물이라는 생각이 든다.

사랑론

평소에 알고 지내는 속인 도반 한 명이 뜬금없이 나에게 이메일로 물어 왔다. 도대체 사랑이 무엇이냐고. 부인과 결혼해서 3년째 잘 살고 있는 그이에게서 이런 질문을 받으니 둘 사이에 무슨 일이라도 있는가 싶어 조심스러웠는데 그 도반 말로는 아무런 일도 없다고 한다. 단지 평소에 부인에게 사랑한다는 말을 많이 하는데 그렇게 그 말을 많이 하면서도 도대체 무엇을 사랑이라고 하는지 본인도 잘 모르겠다고 한다. 그냥 단순히 좋아하는 감정을 이야기하는 것인지, 대상에 대해 관심을 가지고 있는 상태를 이야기하는 것인지.

출가승에게 사랑이 무엇이냐고 물어 오니 처음에는 난감해서 그냥 모르는 체 넘어가려 했는데 꼭 내 의견을 듣고 싶단다. 아차, 이를 어쩐다.

사랑이라…. 먼저 사랑을 언어로써 정의한다는 것부터 일종의 모순이라는 생각이 든다. 모든 언어의 작용이 그렇듯 일단 말로써 이야기해 버리면 흐르는 강물에다 양 옆으로 댐을 만들어 물을 고이게 하는 것처럼 사랑이 그 자체 고유의 성질을 잃어버리고 고착화되어 버린다. 그래서 섣불리 이렇다 말하기가 조심스럽다. 그래도 무언가를 듣고 싶어하는 도반이기에 뭐라고든 몇 자 적어서 보내야 한다.

사랑은 중생 본래의 성질인 자기 본인 위주의 이기적 마음이 어떤 대상을 통해서 최소화되었을 때 겪게 되는 마음의 상태 같다. 사랑을 시적으로 좀 멋있게 표현하지 않고 심리학과 교과서 글처럼 서술해 놓으니 좀 우습긴 하지만 그래도 사랑에 빠지면 본인 위주로 생각하는 중생의 습관이 잠시 쉬고 마음의 축이 사랑하는 대상으로 향하게 된다. 사랑하는 이가 무슨 음악을 즐겨 듣는지, 어떤 음식을 좋아하는지, 어떤 색깔의 옷을 즐겨 입는지까지 하나하나 알고자 하니 마음은 오직 그 대상밖에 없다. 그런데 사랑은 또 희생이라는 음계와 종종 화

125

음을 이룬다. 사랑하기 때문에 내가 아닌 사랑하는 대상을 위해 모든 것을 희생할 수 있는 마음가짐과도 함께 가는 것이다. 그래서 아마 사랑은 다치기 쉽기도 하고 사람을 크게 변화시키는 힘도 가지고 있는 것 같다. 그런데 종종 사랑이라는 이름으로 사람들은 서로를 구속하기도 한다. 사랑이 소유가 되었을 때 사랑 고유의 향기를 잃고 시든 꽃이 되어 버리고 마는 것이다. 칼릴 지브란이 그랬던가. 사랑하는 두 사람의 영혼 사이에 출렁이는 바다를 놓아두라고. 마치 한 지붕을 받들고 있는 사원의 두 기둥처럼 너무 가까이 있지도 그러나 너무 떨어져 있지도 말라고. 서로 사랑하되 하늘 바람이 사랑하는 이들 사이에서 춤을 추게 할 수 있을 만큼의 공간적 심리적 여유를 가지라고.

반대로 사랑이 구속이 아닌 승화의 길을 걷게 되면 수행의 과정이 된다. 인도에서는 사랑하는 대상을 중생이 아닌 신으로 향하게 해서 본인이 가지고 있는 모든 업식을 신에 대한 헌신을 통해서 소멸시켜 버리는 박티 요가Bhakti Yoga라는 수행 방법을 고대로부터 실천해 왔다. 이슬람교의 영적 수행자 수피Sufi들도 알라신에 대한 넘치는 사랑을 통해 신과의 합일의 경지를 경험한다.

사랑은 그래서 내가 원한다고 아니면 내가 잘 준비가 되었다고 내 마음대로 하게 되는 것은 아닌 것 같다. 사랑은 본인의 의지와는 상관없이 어느 날 문득 손님과 같이 찾아오는 생의 귀중한 선물이라는 생각이 든다.

아파하는 그대에게

며칠 전 아는 지인 가운데 어떤 이가 결혼을 예정했다가 본인의 연인과 갑자기 헤어지게 되었다는 전화를 받았다. 사랑이 깊었던 만큼 많이 실망하고 슬퍼하고 있었다. 일도 전혀 손에 잡히지 않고 계속 눈물만 난다고 한다. 어떻게 해야 되느냐고 묻는 그를 보니 가슴이 아프다.

살다보면 누구나 실망의 경험을 한다. 본인이 원하는 대학에 진학하지 못했거나, 회사 승진에서 탈락했거나, 마음속으로 좋아하는 이가 나를 좋아해 주지 않는다는 사실을 알았거나 등등 여러 가지 이유와 상황에서 우리는 실망을 한다. 원했던 마음이 간절했던 만큼 결과가 뜻대로 잘 이루어지지 않았을 때 우리는 더 깊게 상처받고 더 오랫동안 슬픔과 좌절을 맛본다.

부처가 아닌 중생이기에 삶에 이런저런 기대를 하며 살게 되고 그 기대가 현실화되지 않았을 때 느끼는 실망을 나도 역시 겪어 보았고 그러기에 그 기분 너무도 잘 이해한다.

그렇다면 이렇게 실망이 우리 삶으로 찾아왔을 때 우리는 어떻게 대처해야 할까? 그토록 원했던 일이 이루어지지 않았을 때 실망과 함께 오는 좌절과 상처는 어떻게 해야 치유될 수 있을까? 우리는 어떻게 해야 실망의 나락에서 일어나 다시 걸을 수 있을까?

그대여, 먼저 이 일로 인해 슬픔이 찾아오면 남에게 피해가 되지 않는 선에서 충분히 슬퍼하고 마음껏 울어라. 분노가 일어나거든 분노가 일어나는 나를 받아들여라. 마음속에 담아두지 말고 그대가 느끼는 심정을 가족이나 가까운 친구에게 말로써 풀어라. 다시 일어나기 위해서는 어쩌면 이것이 가장 중요한 과정일지도 모른다. 부정하지 말고 힘들어하는 나를 그대로 받아들여라.

그리고 마음이 조금 가라앉으면 나에게 시간이라는 선물을 주어라. 조용한 공원이나 사찰을 거닐면서 어머니가 하나밖에 없는 자식을 대하듯 홀로 있는 시간 동안 힘들어하는 나를 아껴 주어라. 세상에서 가장 사랑하는 이를 대하듯 나를 사랑해 주어라. 이 시간에 음악을 들어도 좋고 혼자 서점에 가도 좋다. 하지만 '나는 이래서 안 돼' '나는 저래서 안 돼'라는 식의 판단의 마음이 작동하기 시작한다면 그 마음을 일단 봉해라. 실망을 가져다주었던 일에 대한 기억과 함께 판단의 마음을 당분간 덮어놓아라. 어떤 대책을 마련하려고 하지도 말고 문제의 해답을 찾으려고 노력하지도 마라. 한동안은 그냥 덮어놓고 그 일과 관련된 일체의 일에서 한 발자국 뒤로 물러나라. 이 과정은 그 일을 회피하라는 것이 아니라 실망을 가져다준 일과 나 사이에 일정한 거리를 만들기 위함이다. 명확하게 무언가를 보려 할 때 너무 가까이 있으면 대상이 보이지 않는 법. 지금은 일단 그 일을 놓고 시간을 가지고 물러나야 할 때이다.

그리고 본인의 몸에 시간을 쏟아라. 눈을 감고 가만히 앉아 실망의 감정으로 몸의 어느 부분이 어떻게 반응하고 있는지를 하나하나 알아차려 보자. 가슴이 아프다면 어떻게 아픈지 주의를 기울여 보자. 항상 밖으로만 돌던 마음의 에너지를 내 몸 안으로 돌리면 잠시나마 번뇌가 쉬게 된다. 운동을 할 수 있으면 운동도 해 보자. 몸의 상태가 바뀌면 마음의 상태도 같이 바뀌는 법, 마음을 조절할 수 없으면 몸부터 조절하면 된다. 소리 내어 관세음보살 염불도 해 보자. 관세음보살님의 자비가 염송하는 나의 목소리와 함께 내 몸과 마음 가득 차도록 간절히 불러 보자. 불자가 아니라면 성모 마리아나 예수님의 모습, 아니면 본인이 평소에 존경하는 이의 모습을 마음속으로 그리거나 그분의 이름을 염송해도 좋다.

마지막으로 마음이 조금씩 안정을 되찾게 되면 봉했던 실망과 관련된 부분의 기억을 서서히 열고 그 일을 최대한 객관의 눈으로 바라보려고 하자. 그 일로 인해 삶이라는 학교는 분명 나에게 무슨 큰 가르침을 주려고 했던 것이다. 그것이 무엇이었는지 절대로 서둘지 말고 천천히 살펴보자.

분노가 일어나거든 분노가 일어나는 나를 받아들여라.
그리고 마음이 조금 가라앉으면 나에게 시간이라는 선물을 주어라.

결혼을 축하하며

며칠 전 속가 남동생이 결혼을 한다는 이메일을 받았다. 동생이 2월에 태어나다 보니 같은 학년의 친구들보다 몸이 왜소해서 자라면서 항상 안쓰러웠는데 그 녀석이 벌써 결혼을 한단다. 형 때문에 새 옷도 제대로 입어 보지 못하고 내가 입었던 헌옷들만 입고 자라서 항상 미안했는데 이제는 어른이 되어서 당당한 한 가정의 가장이 된단다. 결혼 선물로 무언가를 해 주고 싶지만 주머니 사정이 변변치 못한 출가자의 몸이라 선물 대신 새로 출발하는 동생 부부에게 그리고 올해에 결혼하시는 다른 여러분들께 조금이라도 도움이 될 만한 말이라도 한마디 해 주고 싶다.

결혼하는 부부들에게 사람들이 해 주는 말들은 대체로 사랑이라는 명제에 포커스가 맞추어져 있다. 흔한 말로 검은 머리가 파뿌리가 되도록 사랑하고 아껴 주라고 한다. 그렇다면 어떻게 하면 결혼하는 사람들이 현재 느끼는 사랑을 검은 머리가 파뿌리가 될 때까지 유지할 수 있을까 하는 점이다. 어떻게 하면 세월이라는 풍파에도 흔들리지 않을 수 있을까? 그러기 위해서는 사랑하는 마음과 함께 서로에 대한 존경하는 마음을 기르는 것 또한 중요한 것 같다.

살아가면서 다른 사람을 향해 좋아하는 감정을 드러내는 것은 그리 어려운 일이 아니다. 주위의 10대 청소년들만 보아도 한 번도 만나본 적이 없는 인기 연예인이나 스포츠 스타들을 향해 쉽게 좋아하는 감정을 낸다. 어른들도 마찬가지로 좋은 인상을 가진 이를 보거나 나에게 관심을 보이거나 친절을 베풀어 주는 사람을 만나면 자신도 모르게 좋아하는 감정이 생긴다. 반대로 또 사람들은 다른 사람에게 쉽게 좋아하는 마음을 내는 것만큼 다른 사람으로부터 어떻게 하면 더 많은 사랑과 관심을 받을 수 있는지에 대해 신경을 쓴다. 상대가 나를 좋아해 줄 수 있도록 좋은 옷을 입고 향수를 뿌리고 화장을 하고 요새는 또 성형수술까지 한다.

이 모든 행동이 다른 사람들에게 관심과 사랑을 받고자 하는 것에서 비롯된 것이다. 그런데 이런 사랑하는 마음, 좋아하는 마음 이면에는 시기와 질투, 미움의 마음이 잠재되어 있다. 좋아하는 이가 나를 좋아해 주지 않으면 사랑은 금방 미움이 되어 그 마음이 잿빛으로 순식간에 변해 버린다. 그러기에 연인들 간의 좋아하는 감정은 모두 다 그렇다고는 할 수 없겠지만 대개 조건이 붙고 가변적인 요소가 숨어 있기 때문에 검은 머리가 파뿌리가 될 때까지 사랑하기가 그렇게 쉽지만은 않은 것이다.

그런데 존경하는 마음은 좀 다르다. 먼저 어떤 사람을 향한 존경하는 마음은 그리 쉽게 생기지 않는다. 좋은 외모나 탁월한 언변도 그리 도움이 되지 못한다. 존경하는 마음은 다른 사람이나 큰 뜻을 위해 자신의 그 무엇인가를 희생하는 행동을 보여주었을 때 비로소 생긴다. 예를 들면 몰래 부인의 가족이나 다른 어려움에 처한 사람들을 도와주는 덕을 베푸는 모습을 보거나, 남들이 꺼리는 일이나 하기 어려운 일을 솔선수범하는 행동을 볼 때 존경의 마음이 든다. 존경하는 마음은 쉽게 생기지도 않지만 좋아하는 마음과 달리 한번 생기면 또 쉽게 사라지지도 않는다.

부부의 인연을 맺으면서 서로 좋아하는 감정 이외에 서로 존경받고 존경할 수 있도록 행동하는 것 또한 중요한 것 같다. 존경받을 수 있도록 본인을 낮추고 희생할 때 서로에 대해 자랑스러워하는 마음이 생기면서 그 마음은 외부의 그 어떤 유혹에도 쉽사리 흔들리지 않는 든든한 울타리가 되어줄 것이다.

선생님의 눈물

　스승의 날이 있는 5월 중순쯤이 되면 나에게는 기억나는 선생님이 한 분 계신다. 초등학교 6학년 담임선생님이셨던 이영희 선생님이 그분이다. 지금 생각해 보면 담임선생님은 30대 후반의 평범한 가정주부 같은 모습이었던 것 같다. 우리들에게는 항상 온화하고 다정스러운 선생님이셨고, 다른 선생님들과 함께 계실 때는 강한 자기주장 없이 조용히 뒤편에 앉아 계시면서 다른 선생님들의 말씀을 경청하는 그런 분이셨다.

　그때만 해도 시골에서 서울로 이사하는 사람들이 많았던 때라 내가 다니던 서울 외곽의 초등학교는 학생 수가 엄청나게 많았다. 한 반에 학생 수가 최소한 60명이 넘었고, 그런 큰 반이 한 학년에만 15반씩이나 되었다. 6학년이 되자 반별로 돌아가면서 일주일씩 주번 활동을 하게 되었는데, 주번들은 학교 건물 안팎으로 배치되어 등하교 시간과 쉬는 시간에 나가서 다른 학생들을 규율에 따라 지도하고 학교 물건들을 정리하는 역할을 했다. 학교가 워낙 크다 보니 한 반 학생 모두가 주번을 서야 되었다.

그런데 한 번은 공교롭게도 우리 반이 주번을 서게 된 때가 겨울의 막바지 추위가 한창 기승을 부리던 시기였다. 아침 7시45분부터 밖에 서 있던 우리들은 한 시간이 넘은 8시50분쯤에야 교실로 들어올 수가 있었다. 그런데 추운 날씨 때문에 다들 몸이 꽁꽁 얼어서 무척 애를 먹었다. 그 모습을 보다 못한 담임 선생님께서 조개탄과 나무 받는 통을 들고 나가시더니 난로 땔감을 구해 오셨다. 우리들은 추운 몸을 녹이려 금방 나무에 불을 지펴서 난로 안에 넣었다. 조개탄도 같이 넣고 난로 주위로 아이들이 빙 둘러앉아 몸을 녹였다.

그런데 큰 문제가 발생했다. 갑자기 어디선가 교감선생님께서 나타나시더니 우리들을 보면서 큰 소리로 말씀하셨다.

"아직 온도가 영하 2도까지 안 떨어졌는데 누가 허락도 없이 난로에 불을 지피고 있나? 너희 담임선생님이 시켰느냐?"

갑작스러운 교감선생님의 호통에 반 전체가 조용해지고 담임선생님이 급히 나가셔서 교감선생님께 자초지종을 이야기하셨다.

아이들이 주번을 서서 너무 추워하는 것 같아 아직 영하 2도는 아니지만 난로에 불을 피우게 했다고 말이다. 그런데도 교감선생님은 한 10분 동안 복도에서 큰 소리로 담임선생님을 야단치셨다. 복도에서 들려오는 담임선생님을 향한 교감선생님의 꾸중에 우리 반 아이들의 마음은 참으로 참담했다.

우리를 위해서 그러신 건데 결국 담임선생님은 교감선생님 앞에서 눈물을 보이셨고, 교실로 들어오신 선생님과 같이 반전체가 울었던 기억이 난다. 몇몇 아이들이 돈을 모아 자판기 커피를 사다 드리면서 선생님을 위로해 드렸는데 그때 커피컵을 두 손으로 잡으시면서 선생님께서 하신 말씀이 있다.

"얘들아, 너희들이 어른이 되면 정해진 규칙만 보고 사람을 보지 못하는 실수를 범하지 마라. 그리고 사람이 실수를 했어도 때에 따라서는 큰 아량을 베풀 줄 아는 사람이 되거라."

나는 초등학교 6학년 때 산수나 국어와 같은 많은 과목을 배웠지만 그것에 대한 기억은 전혀 나지 않는다. 하지만 우리 선생님의 그 한마디는 줄곧 내 가슴에 생생히 각인되어 왔다. 선생님께서 지금은 어디에 계신지 모르지만 항상 건강하고 편안하시기를 발원한다.

희망을 주는 한마디, 인생을 바꾼다

　박사 논문을 준비하면서 최근에 『법화경法華經』의 오백제자
수기품五百弟子授記品을 다시 보게 되었다. 『법화경』은 개인적으
로 참 인연이 많은 경전인데 보면 볼수록 그 깊이와 오묘함에
놀라는 경이다. 오백제자수기품은 부처님이 아라한 제자 500
명에게 일정한 세월이 흐른 뒤 모두 부처가 될 것이라는 수기
授記를 주시는 장면을 담은 것이다.

　'수기' 라고 하면 부처님께서 당신의 제자가 언제 어느 때
부처의 도를 이룬다 하는 일종의 예언 혹은 부처님의 보증을
말한다. 경전에는 수기를 받은 아라한 제자들이 기뻐서 펄쩍
펄쩍 뛰어다녔다고 적고 있는데 이 대목을 읽으면 항상 떠오

르는 기억이 하나 있다.

초등학교 2학년 때였던 것 같다. 그때만 해도 나는 다른 아이들에 비해 특별히 공부를 잘하지도, 그렇다고 말썽을 부리지도 않는 지극히 평범한 아이였다. 초등학교 2학년 담임선생님은 30대 초반의 젊은 여선생님이셨는데 나와 나이가 같은 아들 한 명을 두고 계셨다. 담임선생님의 아들 또한 같은 초등학교를 다니고 있었고 또 1학년 때 나와 같은 반을 지냈던 터라 담임선생님의 아들과 나는 꽤 친한 친구 사이였다.

그날따라 학교 수업이 끝나고 운동장을 가로질러 걷고 있는 나를 담임선생님 아들이 보더니 자기네 집으로 가서 함께 놀자고 졸랐다. 그 친구와 같이 놀고는 싶었지만 혹시라도 그애 집에서 담임선생님을 만날까 봐 한참을 망설이고 있는데 그 애가 자기 엄마는 오후 4시 이전에는 절대로 집에 오지 않는다며 나를 설득했다. 그래서 결국 선생님이 오시는 오후 4시 이전까지만 논다는 계획 아래 그 친구네 집으로 갔다.

그러나 그 애가 가지고 있는 많은 장난감에 온통 정신을 빼앗겨 시간 가는 줄 모르다가 오후 4시를 훌쩍 넘기고 말았는데 그때 갑자기 대문이 열리더니 담임선생님이 모습을 드러냈다.

숙제와 예습, 복습은 하지 않고 친구와 장난감 가지고 놀고 있다는 꾸지람을 듣지 않을까 하는 생각에 선생님을 보는 순간 나는 긴장하지 않을 수 없었다. 그런데 선생님께서는 나를 보시더니 아주 환한 얼굴로 나의 이름을 부르면서 한참 동안 나를 안아주셨다. 그러더니 선생님은 그 친구가 착한 일을 할 때만 준다는 초코파이를 두 개나 꺼내 나에게 주시면서 "너는 앞으로 공부도 잘하고 다른 친구들에게 모범이 되며, 나중에는 훌륭한 사람이 될 것이라는 것을 선생님은 믿는다"라고 말씀하셨다.

그 말에 그 어린 가슴이 얼마나 감동을 했는지. 그날 이후로 나는 선생님을 실망시키지 않기 위해 열심히 공부하고, 정말로 다른 친구들에게 모범이 되도록 노력했다. 지금 내가 이곳에서 박사 과정까지 밟을 수 있었던 것도 어쩌면 초등학교 2학년 때 담임선생님이 나에게 해 주신 말씀 때문인지도 모른다.

물론 부처님께선 선정 안에 드셔서 제자들이 미래에 불도를 성취하는 것을 보고 수기를 주셨을 것이다. 그러나 나는 부처님으로부터 수기를 받았기 때문에 자동적으로 그 제자들이 불도를 이루게 된다고 생각하지 않는다. 오히려 제자들이 자신이 존경하는 스승님으로부터의 큰 기대와 격려에 부응하기 위해 더욱 분발하는 가운데 불도를 이루게 되는 것은 아닌가 하는 생각이 든다.

　내가 알고 있는 노보살님 중에도 어느 큰스님과의 짧은 친견을 통해 들은 간단한 격려의 말씀과 가르침을 평생 삶의 목표로 삼고 정진하시는 분이 있다. 그렇다. 믿음과 희망을 주는 칭찬 한마디는 한 사람의 인생을 충분히 바꾸어 놓을 수도 있는 것이다.

태어나 자란 나라는 달라도 서로가 서로를 염려해 주고
모든 일이 잘되기를 바라는 마음은 국경도 문화도 언어도 다 초월한다.

3년 만에 만난 북경의 도반들

북경은 나에게 서울과 뉴욕, 보스턴 다음으로 친숙한 도시이다. 박사 공부 중 2년 가까이 북경에 산 경험이 있기 때문에 도시 곳곳에 무엇이 있고 어딜 어떻게 찾아가야 하는지 꽤 익숙하다. 그런데 3년 만에 다시 찾은 북경은 올림픽을 위해 많은 돈과 시간을 투자해서 그런지 정말로 많이 변해 있었다.

세계에서 가장 크고 현대적이라는 신공항에서부터 새로 개통한 지하철 라인들, 그리고 북경의 새로운 랜드마크라고 할 수 있는 CCTV 타워, 천안문 광장 옆에 위치한 국립극장 격인 국가대극원國家大劇院 등은 북경의 스카이라인과 북경 주민들의 삶의 질을 바꾸어 놓았다. 올림픽공원 안의 새둥지 모양을 한 스타디움鳥巢과 물입방체 모양으로 만든 수영장水立方 또한 북경올림픽의 상징이자 중국인들의 자존심이다. 오랜만에 자금성에 들어가 보니 지붕의 노란색 기와를 전면 교체하고 곳곳을 수리해서 궁 전체가 마치 세수를 하고 새끔해진 모습이다.

3년 만에 중국인 도반들을 다시 만나니 반갑기가 그지없었다. 도시는 변했어도 사람들은 그리 많이 변하지 않은 것 같다. 예전에 자주 만났던 찻집에서 즐겨 마시던 차를 마시며 그동안 있었던 이야기보따리를 하나 둘씩 풀어 놓는다. 모시는 티베트의 린포체 스님이 작년 가을에 북경에 왔다 가신 이야기, 북경 외곽으로 방생 나가려 했다가 올림픽 때문에 그냥 북경 안 공원에서 한 이야기, 사천성에 사는 도반 부모님과 지진 이야기, 최근에 허리가 아파서 병원 다녀온 이야기 등 격조했던 시간이 길었던 만큼 이야기가 꼬리에 꼬리를 물고 이어진다.

태어나 자란 나라는 달라도 서로가 서로를 염려해 주고 모든 일이 잘되기를 바라는 마음은 국경도 문화도 언어도 다 초월한다. 한족漢族 중국인이지만 나의 도반들은 티베트나 대만 문제에 있어서 상당히 이해가 깊고 중국 정부의 단순 논리에 완전히 동조하지 않는다. 왜 이런 차이가 있을까 가만 생각해 보니 그들 주변에는 대만에서 온 친한 동료들과 티베트에 계시는 스승님이 있어서 그런 것 같다.

누군가 미사일 공격을 해서라도 대만의 분리화를 막아야 한다는 주장을 한다면 내 도반들은 대만 동료의 얼굴과 그들의 가족을 떠올리는 것 같다. 티베트 독립 시위로 스님들이 끌려갔다는 뉴스를 접하면 또한 티베트에 사는 스승님의 안위를 먼저 걱정하는 것이다. 나 또한 사천성에 지진이 났다고 했을 때 사천 출신의 도반들과 예전 중국어 선생님의 가족들에게 아무런 일이 없는지 염려가 되었다.

사람이 살면서 국가나 민족, 종교로 서로를 나누어서 미워하고 압박하고 심지어는 대량학살을 하는 경우를 본다. 보통 그런 경우에는 압박의 대상이 집단화되고 추상화되어진다. 그러나 압박의 대상 가운데 개인적으로 잘 아는 사람이 생겨버리면 이야기는 달라진다. 미워해야 할 대상이 구체화되면서 그들도 나와 같은 사람이라는 생각이 들면 함부로 그들에게 총을 겨누거나 국가에서 시킨다고 무조건 그들을 미워할 수 없는 것이다.

미국으로 돌아와 이메일을 열어 보니 북경의 도반으로부터 소식이 와 있었다. 박태환 수영 선수가 금메달 따는 장면을 텔레비전으로 보았는데 정말로 멋있었다고 말이다. 그리고 보면 중국의 도반들도 한국과 관련된 일을 접하면 제일 먼저 내가 생각나는 모양이다.

김춘수 님의 시처럼 무언가가 되고 싶어
주변에 있다는 것, 그리고 나 또한 그들에게 그러한

소중한 순간 귀중한 인연

하는 우리들에게 서로서로 관심을 쏟으며 아낌없이 이름을 불러주는 이들이
존재가 되고자 한다는 것이 중생으로서 살아가는 데 큰 힘이 되지 않는가.

뉴욕의 가을과 이메일

뉴욕에도 가을이 한창이다. 맨해튼의 나무들은 가을의 색으로 뉴욕 전체를 물들이고 있고 끝없이 펼쳐진 청명한 하늘은 보는 이의 마음을 고요한 명상의 세계로 인도하는 듯하다.

어제는 뉴욕 인근 산에 올랐다. 따뜻한 가을 햇살을 받으며 자작나무 흔들거리는 인적 드문 가을 길을 혼자 걷고 싶다는 생각이 불현듯 떠올라서였다. 산행 길엔 빨강, 노랑, 고동색 낙엽들이 산에 오르는 이를 반기듯 양탄자처럼 깔려 있고, 그 낙엽을 밟고 지나가는 내 발자국에선 가을에만 들을 수 있는 '바삭' 거리는 경쾌한 소리가 귓가를 울렸다.

산 중턱쯤 올라 산봉우리를 보니 은은한 가을바람에 하늘로 향한 나뭇잎들이 살랑거리고 있었다. 그 흔들거리는 나뭇잎들은 따사로운 가을 햇살을 받으며 조금씩 반짝반짝 빛을 내고 있었다. 그 모습들을 관조하고 있자니 내 마음도 어느새 환해지면서 나도 모르게 산다는 것에 대한 감사함이 온몸에 녹아들었다. 또한 내가 지금까지 고민하고 번뇌했던 모든 일들이 가을 햇살 앞에서 그 힘을 잃고 스르르 녹아 없어지는 듯했다.

산을 내려오는 길에 불현듯 대만에서 공부하고 있는 절친한 도반 생각이 났다. 넉 달이 넘도록 서로 연락이 없었는데 잘 살고 있는지 하고자 하는 공부는 잘하고 있는지 갑작스레 궁금해졌기 때문이다. 그래서 절에 돌아오기가 무섭게 이메일을 보낼 양으로 컴퓨터를 켰다. 그런데 이럴 수가! 이메일을 연 순간 나는 깜짝 놀라고 말았다. 그동안 소식 한번 없던 그에게서 이메일이 먼저 와 있는 것이 아닌가. 메일을 열어 본 순간 한 번 더 놀라야 했다. 그 도반이 나에게 메일을 보낸 시각이 공교롭게도 차를 타고 절로 오면서 그를 생각했던 바로 그 시각이었던 것이다.

깨달은 이의 마음은 시공을 초월해 삼계三界를 관통한다 했다. 가을 햇살 아래 비친 나뭇잎을 보면서 망상을 잠시 쉰 덕에 나를 생각하는 도반의 마음을 감지하지 않았나 싶다. 이렇게 자신이 인식하든 인식하지 못하든 몸이 몇 천만리 떨어져 있다 해도 우리의 마음은 서로 연결되어 있다. 그러니 혼자 있다고 해서 외로워할 이유가 없다.

누군가가 가을에는 편지를 쓰라고 했다. 그러나 나는 편지 대신 21세기 문명이 인간에게 가져다준 이메일을 통해 도반에게 회신했다. 종이에 펜으로 쓰인 정성스러운 편지와 비교될 바가 아님을 잘 알고 있다. 다만 아쉬운 대로 회신 안에 담아 보낸 뉴욕의 가을정취를 그도 함께 느낄 수 있기를 바랄 뿐이다.

몸이 몇 천만리 떨어져 있다 해도 우리의 마음은 서로 연결되어 있다.

은사스님

　예로부터 부모와 자식은 하늘이 내려준 윤기倫紀라는 뜻으로 천륜天倫이라고들 말한다. 아마도 하늘이 맺어준 인연이라는 뜻인 것 같다. 그런데 나는 가끔 나와 같은 출가자와 은사스님은 어떤 인연이 있어서 은사와 상좌의 인연을 맺는지 궁금해진다. 은사스님이 계시기에 승려로서 제2의 탄생을 할 수가 있게 된 것이니 은사스님은 낳아주신 부모만큼이나 소중한 분임이 틀림없다.

　그런데 나의 은사스님은 나와는 참 다르다. 나는 일을 처리함에 있어서 조금은 느긋하면서 소심하다 할 정도로 세심한 편에 속하는데 은사스님은 일의 처리 속도가 박력이 있고 모든 일을 크고 대범하게 처리하신다.

나는 혼자 조용히 있는 것을 좋아하는데 은사스님은 대중들과 어울려서 지내는 것을 더 좋아하신다. 나는 조용한 클래식이나 재즈, 성악곡을 즐겨 듣는 데 반해 은사스님은 새벽에 위성을 통해 텔레비전에서 하는 축구경기 관람을 더 즐기신다.

그래도 은사스님을 옆에서 모신 지가 10년이 넘어가니 내가 평소에 잘 인지하지 못하는 사이에 그분을 닮아가는 나를 느낀다. 은사스님이 가지고 계신 불교관이나 세계관이 나도 모르는 사이에 나의 세계관이 된 것 같고, 염불기도를 많이 하시니 나도 모르게 염불이 점점 더 좋아지는 것 같다.

며칠 전 은사스님의 두 번째 천일기도 회향이 있었다. 이 머나먼 타국 땅에 오셔서 예순을 향해 가는 연세에 사찰 주지의 일을 하면서 천 일을 하루같이 기도를 올리신 분은 아마도 내 은사스님밖에 안 계실 것 같다. 한국에 계셨으면 천일기도 중이라도 잠시나마 도반들을 만나 기도하며 느낄 수 있는 적적함을 달랠 수 있었을 텐데 내 은사스님은 천 일 내내 그러지도 못하셨다.

작년 초봄 독감에 걸려 높은 열에 그 크신 목소리가 평소의 5

분의 1밖에 안 나와도 은사스님은 부처님과의 약속이라며 기어코 손에서 목탁을 놓지 않으셨다. 새벽에 다른 대중 스님들보다 먼저 나와 손수 예불을 준비하시고 지금도 모르는 것이 많다고 하시면서 영어 공부나 종교 관련 공부를 게을리하지 않으신다.

한번은 급하게 캐나다를 다녀와야 하는 일이 생겼는데 그때도 나의 은사스님은 혼자 장시간 운전하면 위험할 수 있다며 11시간의 장시간을 마다하지 않고 같이 운전하시면서 나의 어려움을 직접 해결해 주려고 나서셨다.

은사스님이 농담 삼아 당신 사주에 아들이 하나밖에 없다고 해서 상좌도 나 한 명으로 족하다 하시는데 나는 그런 은사스님에게는 여러 가지로 부족한 점이 많은 것 같다.

어떤 비구니스님이 은사스님은 기도를 많이 하셔서 연세가 들어도 건강하실 것이라 했는데 정말로 그 비구니스님 말씀처럼 은사스님이 잔병 없이 만수무강하셨으면 하는 바람이다. 상좌가 훌륭해야 은사스님이 빛난다고 했는데 빛은 못 내 드려도 난 은사스님께 누가 되지 않는 삶을 살고 싶다.

은사스님이 농담 삼아 당신 사주에 아들이 하나밖에 없다고 해서 상좌도 나 한 명으로 족하다 하시는데
나는 그런 은사스님에게는 여러 가지로 부족한 점이 많은 것 같다.

나이 예찬

　출가자에게 무슨 생일이 따로 있을까마는 그래도 다음 주가 되면 나이를 한 살 더 먹게 된다. 나이가 들어서 그런지 이제는 모르는 새 단어를 외울 때 예전처럼 바로바로 기억이 나지 않고 좋아하는 운동을 해도 예전만큼 실력이 나오지 않는다. 세속으로 치면 더 이상 청년이 아닌 완전히 아저씨가 되어 버린 셈이다.

　그래도 나이를 한두 살씩 먹어 간다는 것이 나는 그리 싫지만은 않다. 젊은 날의 왕성한 혈기는 없어도 경험으로 축적된 판단력이라든지 예전에는 없던 침착성이 어느덧 나이와 함께 자리를 잡아가고 있으니 말이다.

5~6년 전만 해도 나는 참으로 어리석은 면이 많았던 것 같다. 한번은 법회 중에 찬불가를 할 때 목탁 내리는 때를 헷갈려서 실수를 한 적이 있었는데 그때 옆에 있던 어떤 스님이 법회 도중 내가 가지고 있던 목탁을 확 빼앗아 간 사건이 있었다. 신도님들도 다 있는데 그 앞에서 그런 일이 벌어졌으니 딴에는 부끄럽기도 하고 해서 앞뒤 안 가리고 망신을 준 그 스님이 그렇게 원망스러울 수가 없었다.

그런데 지금 생각해 보면 나의 실수를 정확하게 지적해 준 그 스님에게 삼배라도 하고 싶은 심정이다. 그 스님이 있었기에 그 후로 그와 비슷한 실수를 하지 않게 되었기 때문이다. 그 스님이 잘못이 있다고 지적해 준 것은 실수를 범한 내가 아니라 내가 한 실수를 향한 것이었는데 그 당시만 해도 나는 이 둘을 혼동해서 쓸데없이 마음이 상했던 것이다. 중생이기에 누구나 실수하기 마련이고 그런 실수를 범했을 때 노력해서 고치면 그만인 것이다.

나이가 어렸을 때는 내가 주장하는 부분이 옳다고 생각되면 상대방을 무조건 설득하려고만 들었는데 지금은 상대방의 입장을 좀 귀담아들어 보려는 여유가 생긴 것 같다. 상대방이 어떤 입장에 처해 있기 때문에 저런 의견을 내놓는지 입장 바꿔 냉정하게 생각하면서 이해해 보려는 노력도 나이가 들면서 종종 하는 것 같다.

무슨 좋지 않은 일이라도 저지른 사람에게 어렸을 때는 쉽게 손가락질하면서 사람으로 상종도 하지 않으려 했는데 이제는 나 스스로가 완벽하지 않음을 잘 인식하고 있기에 그처럼 흑백으로 나누어 함부로 비난하는 것을 삼가게 된다.

그러고 보면 나이를 먹는다는 것이 그리 나쁘지만은 않은 것 같다. 젊어서 율사로서 성품이 칼 같았던 스님들도 연세가 들면 자연스럽게 너그러워지고 또 자애로워진다고 들었다. 아마도 세월을 이기는 장사는 어디에도 없으리라.

나이가 드는 것을 무슨 큰 죄라도 짓는 것처럼 여기는 현대 사회에 우리는 살고 있다. 너도나도 어떻게 하면 실제 나이보다 좀 더 젊어 보일까만을 생각하는 것 같은데 그것보다는 어떻게 하면 나이 들수록 한 잔의 차 향기와 같은, 은은한 지혜와 마음의 훈훈함이 느껴지는 사람으로 변화할 수 있을까 하는 고민을 한다면 이 가을바람이 좀 더 포근하게 느껴지지 않을까?

봄날의 행복

　길에 흐드러지게 핀 바닐라색의 목련꽃이 봄의 서막을 알리고, 겨우내 무표정해 보이던 무채색의 나뭇가지에서는 기적 같은 연녹색의 희망이 보인다. 오늘은 시간을 내어 꽃과 봄나무들로 가득한 교정을 홀로 걸어 보았다. 항상 시간에 맞추어 이곳저곳을 쫓아다니던 습관에서 벗어나 오늘은 왠지 나 스스로에게 '여유'라는 선물을 주고 싶었다. 화창한 날씨에 가벼운 마음으로 길을 걷노라니 나도 모르게 김춘수 님의 '꽃'이라는 시가 입 속에서 맴돌았다. 학창시절 국어선생님에 의해 반강제로 외워야 했던 그 시로 인해 지금은 언제 어느 때고 가슴으로 꽃의 향을 음미할 수 있게 되었으니 그때 국어선생님께 고

마울 따름이다.

　누군가 나의 빛깔과 향기에 알맞은 이름을 불러 달라는 부분이 생각날 즈음 정말로 뒤에서 나의 이름을 부르는 이가 있었다. 평소에 알고 지낸 중국 청화대 대학원생 친구인데 일주일에 한 번씩 만나 나는 그 친구에게 영어를 가르쳐 주고 그 친구는 나에게 중국어를 가르쳐 준다. 같이 점심을 먹지 않겠느냐고 한다. 예전에 내가 점심을 한번 산 적이 있었는데 아마도 요번에 그 답을 하고 싶은가 보다. 중국 대학원생들의 뻔한 주머니 사정을 알고 있는 터라 학교 밖 식당으로 나가자는 것을 굳이 교내 학생식당으로 가서 먹자고 청했다.

　대부분의 학생식당이 그렇듯 식당 안에는 다양한 음식이 저렴한 가격에 판매되고 있다. 그런데 청화대학교 학생식당의 특징은 점심식사 판매 시간이 12시에서 1시 사이로 매우 짧은데다 대부분의 학생들이 그 시간에 학생식당을 이용하기 때문에 점심 한 그릇 사 먹는 모습이 거의 전투장을 방불케 한다. 오늘은 가지와 고구마를 같이 조리한 중국식 요리와 속이 없는 하얀 빵 만토우 하나, 그리고 유산균 음료 하나가 나의 점심이다.

164

오늘 그 친구와 나의 점심 토픽은 중국 6세대 영화감독들이 만든 영화 이야기였다. 나는 왜 6세대 감독들의 영화가 그토록 우울하고 사회비판적인가 하는 질문을 던졌다. 그러자 외국인들에게 무조건 좋은 모습만 보여주려는 대부분의 중국인들과 달리 중국이 가지고 있는 문제나 한계를 스스럼없이 이야기하곤 하는 그 친구는 지금 많은 중국인들이 가지고 있는 가치관과 경제적·정치적 혼란에서 오는 과도기적 상태의 표현이라고 설명했다.

점심식사를 마치고 오후 수업에 들어가기 위해 발걸음을 옮기던 중 티베트 불교를 전공하는 도반으로부터 전화가 왔다. 본인이 한번 뵌 적 있는 티베트의 어느 큰스님께서 북경에 오신다며 다음 주말에 큰스님과 함께 점심공양을 하자 한다.

그 친구와 전화통화를 끝내고 나니 꽃잎이 섞인 봄바람이 내 옷깃을 스친다. 그 순간 문득 지금 나를 둘러싼 많은 것에 지극히 감사하다는 생각이 들었다. 내 주위에 좋은 도반들이 있는 것에 감사하고 나의 공부를 직간접적으로 도와주시는 중국 교수님들과 은사스님께 감사하고, 또 이렇게 좋은 봄날씨에 감사할 따름이다.

그렇다. 김춘수 님의 시처럼 무언가가 되고 싶어하는 우리들에게 서로서로 관심을 쏟으며 아낌없이 이름을 불러주는 이들이 주변에 있다는 것, 그리고 나 또한 그들에게 그러한 존재가 되고자 한다는 것이 중생으로서 살아가는 데 큰 힘이 되지 않는가.

오후 수업에는 송나라 때 시인 소동파蘇東坡의 적벽부赤壁賦가 나를 기다리고 있다. 소동파가 명월의 시를 읊조렸듯 나 또한 그의 시를 봄기운이 왕성한 4월의 어느 날에 낭송하게 되니 그저 감격이다.

강아지를 키워 보셨다면

　며칠 전 내 책상 위로 뜻하지 않은 작은 손님이 찾아왔다. 물을 마시기 위해 잠시 읽던 책을 막 덮으려고 하는데 책장 왼쪽 구석에 눈에 보일까 말까 한 깨알만 한 크기의 연녹색 벌레가 움직이고 있었다. 아마도 창문을 통해 들어온 것 같은데 크기가 너무 작아 하마터면 모른 채 그냥 책을 덮어 작은 생명을 죽일 뻔한 것이다. 물을 마시고 돌아와 그 이름 모를 연녹색 벌레를 가만히 들여다보았다. 벌레나 곤충에 대한 지식이 별로 없는 탓에 이것저것 분석하거나 이름 붙이지 않고 그냥 그 작은 생명을 주의 깊게 바라보았다.

　몸통은 옅은 연두색에 다리가 여섯 개쯤 되는 것 같았다. 잠

167

시도 쉬지 않고 책장 위를 두리번거리며 천천히 돌아다니는데 그 모습을 한동안 주시하고 있자니 참으로 신기하면서도 오묘한 느낌이 들었다.

뭐랄까, 그 작은 생명 안에 거대한 우주의 신비가 모두 응집되어 숨어 있는 느낌이라고나 할까. 아니면 우주 안에 가득한 생명력의 한 부분이 그 벌레를 통해 내 눈앞에서 발현되고 있는 생생한 드라마라고나 할까. 15분 정도를 가만히 바라보고 있으니 오묘한 자연의 생명력에 대한 경외감에 고개가 절로 숙여지면서 그 작은 벌레 손님에게 나도 모르게 정情이 갔다. 어디든 안전하게 오래 잘 살 수 있는 곳에다가 그 벌레를 놓아주어야 한다 싶어 조심스럽게 벌레가 있는 책을 들고 밖으로 나가 그늘진 나뭇가지 위에다 살며시 놓아주었다.

사실 사람이 무심코 개미나 모기 혹은 다른 살아 있는 동물들을 죽이곤 하지만 그들에 대해 조금만 주의를 기울여도 차마 그렇게 할 수가 없다. 작은 벌레들의 모습만 보아도 그 작은 동물 안에 인간과 똑같은 생명력이 퍼덕거리고 있다는 사실을 발견한 사람이라면 한 생명의 불꽃을 인위적으로 꺼뜨리는 일을 그렇게 쉽게는 하지 못할 것이다.

중국에 와서 새 학기가 시작되기 전 대학 측의 주최로 학생 환영회 겸 저녁 식사 모임이 열린 적이 있었다. 학교 측에서 조금 비싼 음식을 접대한다는 것이 공교롭게도 생선 요리를 시키는 것이었다. 생선 요리를 하기 전 중국에서는 손님에게 일단 생선을 보여주고 그 생선을 요리해도 되는지 허락 받는다. 비닐봉지 안에 넣어진 채 펄떡거리는 생선을 보니 애처롭기 짝이 없고 인간들의 한 끼 식사를 위해 칼부림당해야 한다고 생각하니 참으로 못할 짓을 한다는 생각이 들었다.

기독교를 믿는 어떤 이들은 오직 인간만이 하나님의 형상대로 창조되었고 동물은 육체만으로 존재할 뿐 인간과 같은 영적인 부분은 없다고 말한다. 아마 그러기에 기독교에서는 살인하지 말라는 계명은 있어도 살생하지 말라는 계명은 없나 보다. 하지만 집에서 강아지나 고양이를 직접 키워 본 일이 있는 사람이라면 동물이 육체만으로 존재한다는 의견에 선뜻 동의하지 못할 것이다. 주인이 오면 저렇게 반가워하고 주인이 화내면 무서워하고 주인이 외로워하면 그 마음을 알고 곁에서 달래 주는 그런 강아지를 영이 없으므로 죽여도 아무런 죄가 되지 않는다는 그 말을 나는 별로 믿지 못하겠다.

음표 사이의 침묵처럼

여름방학을 맞아 은사스님이 계신 뉴욕의 절로 잠시 돌아왔다. 새벽에 일어나 도량석을 하려고 나와 보니 커다란 보름달님이 하늘 중턱에서 웃고 계신다. 세상이 깨어나기 전, 이 신성한 시간에 달빛을 맞으며 치는 목탁 소리는 내 마음을 보다 밝고 고요한 의식 상태로 깨어나게 한다. 마치 먼 길을 떠났다가 마음의 고향을 찾아 돌아가는 느낌이다.

어제는 뉴욕 맨해튼 링컨센터에서 하는 클래식 콘서트에 다녀올 기회가 있었다. 여름 한 달 동안 링컨센터에서는 거의 매일 저녁 모차르트 음악을 주로 하는 콘서트 시리즈Mostly Mozart Series가 열린다. 평소에 CD로만 즐겨 듣던 모차르트 바이올린 협주곡을 생생한 라이브 공연으로 직접 듣게 된다니 기대가 되었다. 나이가 들면 들수록 나는 더욱 모차르트가 좋아진다. 아마도 그의 음악이 가지고 있는 군더더기 없는 간결한 형식과 자연스러운 흐름, 동심에 찬 맑은 화음 때문인 것 같다.

가장 싼 티켓을 사다 보니 무대 위에 임시로 설치된 의자에 앉게 되었는데, 운이 좋게도 오케스트라 바로 오른쪽 뒷자리였다. 지휘자의 얼굴은 물론 연주자 앞에 놓인 악보 음계까지도 보였다. 연주가 시작되자 각종 악기가 만들어 내는 아름다운 선율이 무대 위로 총천연색 빛깔의 바람이 되어 관객의 귀와 눈과 몸을 휘감고 스쳐 지나간다. 또한 지휘자의 미세한 손끝 떨림과 다양한 얼굴표정은 각종 악기들과 조화롭게 어울려서 한 편의 춤을 추는 듯했다. 바이올린 협주곡의 솔로는 유명한 유대계 연주자 길 샤함Gil Shaham이 맡았는데 그 소리가 얼마나 명쾌하면서도 맑은지 마치 내 영혼이 그의 음악으로 정화되는 느낌이었다.

사실 음악이 아름다운 것은 음표와 음표 사이에 있는 거리감과 음표들 가운데 자리 잡고 있는 쉼표 때문이다. 음표들이 서로 떨어져 있기 때문에 그 공간 사이로 화음을 이루는 것이고, 음표 사이로 쉬어 주는 침묵이 있기에 음표의 소리를 더 잘 들을 수 있는 것이다.

첼리스트 요요마Yoyoma도 이와 비슷한 이야기를 한 적이 있다. 그가 스스로 만족할 만한 연주는 본인의 의식이 깊은 침묵과 맞닿은 후에 나오는 소리란다. 그래서 그는 침묵의 공간으로 의식을 몰아넣기 위해 의도적으로 숨을 다 몰아 내쉬고 나서 숨이 끊어진 그 상태에서 첼로의 현을 켠다고 한다.

이러한 법칙은 비단 음악에만 적용되는 것이 아닌 것 같다. 우리가 침묵의 시간을 통해 정화되지 않은 채 하는 말들은 번뇌 망상에 사로잡힌 마음이 무의식적으로 마구 떠들어 대는 것에 불과하다. 또 아무리 좋은 말이라도 상대방에게 달라붙어 너무 자주 하는 것은 그로 하여금 그 소리를 못 듣게 만든다. 한마디라도 도움이 되는 말을 하려면 아무리 옳은 충고라도 적당한 때를 기다려 나의 말이 상대방과 좋은 화음을 일으킬 수 있을 순간에 해야 하는 법이다.

공연을 보고 절로 돌아와 보니 절 마당에는 반딧불이 가득했다. 반딧불의 수컷은 평생 한 번 암컷과 사랑을 맺기 전에 꼬리의 빛을 발한다고 한다. 그렇게 소중한 불빛이 셀 수도 없을 만큼 허공 가득하니 참으로 경이롭고 감사할 따름이다. 하늘을 보니 달이 초여름 밤 구름 사이로 은은히 그의 빛을 전한다.

혼자 하는 여행은 자신과 만나는

내가 어떻게 반응하는지 또 내게 어떤 망상이 일어나는지

만행에서 느끼다

좋은 기회이기도 하다. 낯선 환경에 나를 놓아두고 다가오는 새로운 것들에 대해
약간의 긴장감을 갖고 조용히 지켜보면 비교적 쉽게 실상을 관찰할 수 있다.

너무 가까우면 보이지 않는 것들

세상에는 너무 가까이 있어 잘 보이지 않는 것들이 많이 있는 것 같다. 그래서 우연하게 외국을 여행할 수 있는 기회라도 주어지면 그때서야 사람들은 우리의 모습에 주의를 기울인다.

며칠 전 학회에 참석하기 위해 유럽을 잠시 다녀올 기회가 생겼다. 학회 일정이 모두 끝나고 모처럼 유럽에 혼자 남아 잠시 동안 여행을 했다. 혼자 하는 여행은 자신과 만나는 좋은 기회이기도 하다. 낯선 환경에 나를 놓아두고 다가오는 새로운 것들에 대해 내가 어떻게 반응하는지 또 내게 어떤 망상이 일어나는지 약간의 긴장감을 갖고 조용히 지켜보면 비교적 쉽게 실상을 관찰할 수 있다.

요번 여행의 목적지를 평소에 무척이나 가고 싶어했던 스페인의 산티아고데 콤포스텔라Santiago de Compostela로 정했다. 예수님 12제자 중 한 분이신 성 야곱Saint James의 유체遺體를 모셔 놓은 성당이 있는 이곳은 세계에서 가톨릭 3대 성지 가운데 하나라고 알려져 있다. 전 유럽과 북남미주 지역에서 온 많은 순례자들이 성 야곱의 길Way of St. James을 따라 직접 걸어서 몇 주 혹은 몇 달에 걸쳐 산티아고데 콤포스텔라까지 간다. 올해가 또 성당 안에 있는 성 야곱의 유체를 볼 수 있도록 개방해 주는 해라서 더 특별하다.

산티아고데 콤포스텔라에 막상 도착하니 6월의 하늘이 청명하고 아주 맑았다. 유체를 알현하기 위해 길게 줄서 있는 순례자들은 그들의 여정 종착지에 도착해서인지 더 숙연하고 조금은 들떠 있는 모습이었다. 한 손에 순례자들의 표시라고 할 수 있는 지팡이를 쥐고 성 야곱의 상징인 큰 조개껍데기를 가방 위에다 달고 길게 줄서 있는 모습이 보였다. 그들 틈에 끼어서 성당과 성 야곱의 유체를 성심껏 알현하고 성당 주위를 천천히 걸어 보았다.

성당은 유럽의 많은 곳이 그러하듯 마을의 한가운데에 모서져 있다. 성당은 분명 그 마을의 종교적 중심으로서의 역할 뿐만이 아니라 실제로 그 마을의 문화적 · 경제적 그리고 심지어 정치적 중심지의 역할을 했을 것이다. 성당 자체의 규모나 잘 보전되어 있는 모습, 또 그 안에서 성스럽게 진행되는 미사를 참관하고 나니 불현듯 서울 종로 한가운데에 있는 탑골공원이 떠올랐다. 구 원각사 자리에 위치한 탑골공원이 연산군 때에 훼손만 안 되었어도 프랑스 파리의 노트르담에 버금가는, 서울을 대표하는 고풍스러운 사찰로 지금도 남아 있었을 텐데 하는 아쉬움이 들었다.

돌아오는 비행기가 영국 런던에서 떠나는 덕분에 유럽여행 마지막 날에는 대영박물관에 잠시 들를 수가 있었다. 유럽의 문물을 많이 보고 난 후라서 그런지 박물관 안에 소장되어 있는 우리나라 문물이 더 특별하고 신선하게 다가왔다. 우리나라의 전통 건축이나 고려청자, 불상들의 모습에서는 직선미를 강조하는 서양의 건축이나 기독교 미술과는 다르게 완만한 곡선미가 돋보인다. 돌로 높게 쌓아 만들어진 성당과는 달리 나무와 흙을 주로 써서 만든 전통 사찰이나 한옥은 우리네 사람들의 넉넉하고 훈훈한 인심을 대변하듯 높기보다는 넓고 원만

하다.

　유럽에서 돌아와 보니 한국에 오래 산 어느 미국인에 의해 서울의 한옥마을이 보존될 수 있도록 법원 판결이 나왔다고 한다. 조금은 아이러니한 반가운 소식을 접하면서 우리나라 사람들도 서양으로의 여행을 어느 정도 하는 것이 필요하다는 생각이 불현듯 들었다. 우수한 서양 건축과 예술을 보고 왔다고 해서 우리나라 전통 건축이나 예술의 아름다움이 감손되지는 않는다. 오히려 우리나라 나름대로의 아름다움을 더 민감하게 느끼게 되고 잘 보존해야지 하는 마음이 간절해진다. 아마도 우리는 너무 가까이 있다 보니까 우리 것의 아름다움을 잘 보지도 못하고 쉽게 잃어버린 것이 아닌가 싶어 나는 가슴이 아프다.

돈황 Dunhuang

돈황의 별과 사막과 올림픽

저녁 9시가 되자 돈황 막고굴莫高窟 저편으로 노을이 진다. 강렬했던 사막의 태양도 밤을 알리는 초승달에게 하늘의 자리를 물려주고 꺼져 가는 불길처럼 서쪽 하늘을 불태운다. 사막의 모래산들도 해의 마지막 모습을 구경하느라 붉어진 얼굴을 드러낸다.

아! 내가 실크로드 한가운데에 서 있구나. 그 옛날 구법승 선배 스님들이 인도로 가기 위해 머물렀던 이곳에 내가 와 있구나.

예일대 주관으로 2주일간 진행된 학술세미나 참석 및 석굴 참관을 위해 돈황에 왔다. 490개가 넘는 돈황 막고굴을 매일

10굴씩 참관하면서 불교미술 및 돈황의 역사와 사회를 공부한다. 책의 사진으로만 보던 이곳에 직접 와 보니 놀라운 것이 한두 가지가 아니다. 이 사막 한가운데에 이런 웅장한 굴들을 파서 여러 불보살님을 모신 그 정성에 감탄하고, 벽화 속에 그려진 부처님 전생담과 각종 변상도를 보면서 그 색깔과 모양과 정교함에 또 감탄한다.

세미나와 저녁 공양을 마치고 남는 시간에는 우리가 머무는 막고굴 옆 산장을 빠져나와 사막을 종종 걷는다. 이렇게 해가 지고 별이 뜨는 사막의 하늘을 보고 있으면 천년이라는 시간을 뛰어넘어 과거로 돌아간 듯하다. 머리 위로 뜬 은하수와 멀리 막고굴의 모습이 보이고 모래 위를 걷는 내 발소리만이 들린다.

다음날 새벽 6시가 채 되지 않았을 무렵 산장 밖 북소리에 잠을 깼다. 올림픽 성화가 내일 도착하는데 그 행사를 위해서 리허설을 한단다. 중국 불교 유산의 대표 격인 돈황에 성화가 오는 것은 어쩌면 당연한 일이겠지만 안타깝게도 우리 같은 외국인들의 참석은 일절 거부한단다. 그뿐만이 아니라 행사가 있는 당일에는 아예 모든 외국인들이 돈황 막고굴 근처에 머무를 수 없다는 지시가 당국에서 떨어졌다. 파리나 런던에서 있었던 성화 봉송 관련 사건들의 기억 때문인지 아니면 외국인들은 믿을 수 없다고 생각해서인지 어쨌건 우리는 버스를 타고 2시간 떨어진 안서(安西·안시)라는 도시에서 그 다음날을 보낼 수밖에 없었다.

다음날 안서의 호텔 안에서 텔레비전을 보니 돈황석굴 앞에서 벌어진 성화맞이 행사 모습이 방송되었다. 근처 학교에서 동원된 학생들의 모습과 돈황연구소 연구위원들의 모습이 보였다. 행사 모습이 끝나자 올림픽 관련 광고가 나가는데 이번 올림픽 구호가 목소리 좋은 어느 남자 음성으로 우렁차게 전해졌다. "同一个世界, 同一个梦想." "하나의 세상, 하나의 꿈"이라.

누가 이런 구호를 만들었는지 몰라도 그 세상, 그 꿈 안에는 중국 정부의 검열을 통과한 사람들만 포함되어 있는 것 같아 씁쓸하기만 했다. 또한 사람들의 다양한 생각이나 가치관을 하나로 몰아서 억지로 같게 만들려 하는 선전문구 같아서 왠지 부담스럽다.

돈황 막고굴로 돌아와 보니 언제 그런 행사가 있었냐는 듯이 조용했다. 막고굴 부처님들 또한 세월의 변화를 초탈하신 듯 천년의 선정 미소를 하고 계셨다. 아마도 그 미소가 사막의 정적 속의 나에게 주시는 부처님의 커다란 법문인 듯싶다.

티베트의 사원에서

　　중국 남서쪽의 사천성四川省에서 북서쪽 감숙지역甘肅省으로 연결되는 도로를 타고 올라가다 보면 숨이 막힐 정도로 아름다운 풍경과 마주하게 된다.

　　해발 3000m가 넘는 이 지역은 한여름에도 눈 덮인 설산을 볼 수가 있고 그 높은 산을 어렵사리 넘으면 끝도 없이 펼쳐진 대초원과 마주치게 된다. 그 초원의 한가운데를 중국 문명의 시작인 황하강 상류 물줄기가 좌로 우로 돌면서 흐르고 있고 간간이 말을 타고 양이나 야크 떼를 몰고 다니는 티베트인들을 만나게 된다. 바로 이곳이 중화 문명권의 마지막 서쪽 변경 지역이자 티베트 문화와 회족(이슬람교를 믿는 중국인 소수민족) 문화가 시작되는 동쪽 가장자리 지역이기도 하다.

티베트 불교를 전공하는 도반의 도움을 받아 나는 티베트 암도 지역에서 매우 큰 절 중의 하나인 라브랑 사원Labrang Lamasery을 향해 이렇게 길을 떠났다. 일 년 내내 북경에서 한족漢族 문화 위주로만 공부를 해서 그런지 나는 중국의 다른 모습이 보고 싶어졌고 그래서 길을 떠나 이곳 서쪽까지 왔다. 라브랑 사원이 있는 하하(夏河 · 씨아허)라는 마을에 도착할 즈음이 되자 연녹색 초원과 파란 하늘색 사이로 검붉은 색 승복을 입은 티베트 승려들의 모습이 하나 둘씩 보이기 시작했다.

티베트 스님들에게 물어물어 라브랑 사원 입구에 도착해 보니 그 어마어마한 규모가 먼저 사람들을 압도했다. 문화혁명 전에는 3200명이 넘는 승려가 이곳에서 공부했다는데 현재는 중국 정부에 의해 1000명으로 승려 수가 제한되고 있었다. 겔룩파Dge-lugs-pa의 잠양Jamyang 린포체께서 1709년에 처음 세우셨다는 라브랑 사원은 승려 교육을 위해 여섯 군데의 불교대학이 세워져 있고, 48개의 불전佛殿과 500칸이 넘는 승방, 6만5000가지 불교 경전이 있고, 금은동으로 만들어진 불상만 1만개가 넘는다고 한다.

티베트 스님께 물어보니 대개 중학교 다닐 만한 나이에 절에 들어와 18살이 되면 정식 승려가 되어 여섯 가지 대학 중 하나를 선택해 13학년으로 나누어진 체계 안에서 보통 15년 동안 공부를 한다고 한다. 공부는 경전 공부와 암송, 토론 위주로 진행되고 여섯 가지 대학 중 하나인 불교철학대학에서는 불교 논리, 반야부 경전, 공호 사상, 아비달마, 율장 등이 기본 뼈대를 이루는 공부를 한다. 13학년 과정의 공부를 마치게 되면 무척 어려운 마지막 시험을 통과해야 한다.

아침 예불에 참석해도 되겠느냐고 물어보니 새벽 5시 30분에 오라 했다. 다음날 아침 부슬비가 촉촉이 내리고 있었다. 티베트 밀교답게 승려들의 굵은 만트라 소리와 장엄한 예식 속에서 예불을 올리고 절을 나와 보니 멀리서 온 티베트 순례자들이 사원을 향해 절을 하면서 오고 있었다.

한동안 제대로 씻지 못해 얼굴과 옷이 흙으로 가득했지만 그들의 눈에서는 깊은 신심의 빛이 불타고 있었다. 어느덧 비가 주룩주룩 내리는데도 어느 나이 든 거사는 아들과 함께 사원을 향해 절을 하면서 오고 있었고, 그 모습을 보고 있으니 우산을 들고 마냥 걷고 있는 내 손이 부끄럽게 느껴졌다. 이렇게

간절히 이렇게 절실하게 부처님을 믿는 티베트인들을 보면서
정말로 티베트 문화는 중국 한족漢族이 가지고 있는 문화와 참
으로 다르다는 생각을 다시 한 번 하게 되었다.

티베트 사원 Tibet Lamasery

인도 짝퉁 거지에게도 돈을 주어야 하나

십 년 전쯤 인도로 만행을 다녀온 적이 있다. 인도에 가서 보니 성자聖者의 수만큼이나 거지들의 수도 많았다. 여행 내내 나처럼 외국인이다 싶은 사람들 뒤로는 어디를 가나 구걸하는 거지들이 따라다녔고, 특히 사원이나 절 입구에는 어김없이 그들이 여행자를 기다리고 있었다.

그런데 워낙 거지가 많다 보니 처음엔 구걸하는 이들에게 돈 몇 푼이라도 도움을 주었던 너그러운 마음이 한 일주일이 지나니 나도 모르게 시들해져 점점 야박하게 변하는 나를 발견하게 되었다. 도와주는 것에도 한계가 있다는 생각이 들고, 또 한 명 도와주면 어디선가 다른 거지 친구들이 우르르 몰려와 자신들도 달라고 떼를 쓰니 처음부터 아예 모르는 척하는 것이 낫다는 생각도 들었다. 어디 그뿐인가. 사지 멀쩡한 젊은 나이의 거지들도 있었다. 무엇을 해도 최소한 먹고는 살 법한데 그 나이부터 거지라니 한심해 보이기까지 했다.

인도 만행이 거의 막바지에 이를 무렵 티베트 망명정부가 있는 나림살리에 가게 되었다. 지인 덕에 티베트의 여러 큰스님들과 같이 시간을 보내는 좋은 기회가 주어졌는데 저녁 식사 도중 갑자기 '구걸하는 거지에게 돈을 주어야 하나 말아야 하나' 하는 질문으로 토론이 벌어졌다. 나와 같이 여행하던 도반 중 한 명은 거지들에게 자꾸 돈을 주면 남한테 구걸하면서 사는 습관이 생겨 다음 생에도 거지가 될 수 있으니 그런 습을 끊어 주려면 돈을 주지 말아야 한다는 주장을 펼쳤다. 또 다른 이는 거지들 대부분이 직업으로 거지 생활을 하는, 소위 말하는 '짝퉁 거지'라 하면서 정작 배가 고파서 구걸하는 경우는 드물다는 논리를 펼쳤다.

그런데 막상 티베트 큰스님은 정반대의 의견을 내놓으셨다. 거지들도 불성을 가지고 있는 미래의 부처님들이고 우리들 또한 많은 생을 거치면서 어느 생에는 분명 거지 노릇을 한

적이 있었을 것이라고 말씀하셨다. 그리고 더 중요한 것은 누구에게 도움을 줄 때 우리들의 가치 기준으로 판단해서 그들에게 필요한 것과 필요하지 않은 것을 구분해서 주는 것이 아니라 그들 스스로가 필요하다고 하는 것을 아무 조건 없이 그냥 도와주는 것이라고 하셨다.

보시하는 데도 자꾸 분별력을 부리다 보면 도움을 주면서도 아상我相만 늘어난다고 하셨다. 더욱이 돈을 받는 거지가 진짜 거지인지 짝퉁 거지인지를 구분해 가면서 도움을 주는 것보다는 가짜 거지일지라도 전생에 본인의 가족이었을 수도 있다고 생각해 보면 돈 얼마 보태주는 것이 뭐 그리 억울한 일은 아니라고 하셨다.

실제로 남을 도울 수 있는 일 중에서 길에서 구걸하는 이들에게 보시하는 것만큼 손쉽게 할 수 있는 일도 없을 것이다. 보시하고 나면 나도 모르게 뿌듯해지고 마음이 따뜻해지는데 그런 느낌은 많은 돈을 주고도 절대로 살 수 없는 행복이다.

많은 이들이 경제적으로 넉넉해진 후에야 누군가에게 도움을 줄 수 있다고 생각하는데 그것은 마음의 여유의 문제이지 돈이 많고 적음의 탓이 아닐 것이다. 넉넉한 부자 거지에게 속

아서 그들에게 돈을 좀 주면 어떠랴. 돈을 건네면서 남이 좀
더 편안하게 살게 되기를 바라는 보살의 마음을 내가 낼 수가
있다면 나는 차라리 열 번이고 백 번이고 계속 속으면서 살아
가련다.

일본, 이런 면이 있었구나

　멀고도 가까운 나라 일본에 와서 생활한 지도 벌써 한 학기가 지났다. 사실 한국에서 자라면서 일본에 대해 좋은 이미지보다는 나쁜 이미지가 훨씬 강하게 내 마음속에 자리 잡고 있었다. 그런데 지난 넉 달간의 시간을 돌아보면서 나의 일본에 대한 알음알이가 한쪽으로 너무 치우친 감이 있지 않았나 하는 생각을 하게 되었다.

　일본에 도착한 지 몇 주 되지 않아서의 일인 것 같다. 도쿄에 계신 교수님을 만나러 오사카에서 신칸센을 타고 도쿄에 도착해 약속 장소인 긴자역 쪽으로 향하였다. 약속 시간보다 좀 일찍 도착한 관계로 긴자역 주변을 구경하면서 돌아다녔는데 오후 시간이 되어서 그런지 배가 좀 출출해졌다. 긴자역 근처에서 가볍게 군것질할 것이 없나 보니 맛있게 생긴 하얀 찹쌀떡을 파는 작은 판매점이 눈에 들어왔다. 그런데 줄을 서서 기다린 후 내 차례가 되어 찹쌀떡을 주문하려고 보니 그 가게 안에서 일하고 있는 점원이 무언가 좀 다르다는 것을 발견했다.

찹쌀떡을 팔고 있는 점원은 옷 위에 작은 명찰 같은 것을 하고 있었는데 자세히 읽어 보니 본인은 청각장애인으로 소리를 들을 수 없다는 것이다. 원하는 찹쌀떡의 종류와 수량을 손가락으로 보여주면 친절히 모시겠다는 내용이었다. 나는 순간적으로 조금 당황했다. 그 이유는 내 앞에 줄을 서서 떡을 샀던 사람들이 당연하다는 듯 평소와 똑같은 행동으로 떡을 사서 나갔다는 점 때문이었고 또 지금까지 살면서 한 번도 청각장애인이 일반인을 상대로 시내 가게에서 고용되어 일하는 것을 본 적이 없었기 때문이다.

그 점원은 가벼운 미소를 지으며 손으로 한 나의 주문을 신속하면서도 친절하게 받아주었고 내가 주문한 찹쌀떡의 종류가 맞는지 봉투에 넣기 전에 다시 한 번 확인해 주었다. 돈 계산은 말 대신 계산대에 적힌 숫자를 가리키는 것으로 대신하

였고 마지막으로 70도 각도의 인사도 잊지 않았다. 찹쌀떡이 들어 있는 하얀 봉투를 받아 들고 나오면서 나는 적잖은 감동을 받았다. 청각장애인들도 보통 사람들과 똑같이 도쿄 시내 한복판, 그것도 긴자역 주변에서 일을 하게 해 주고 그것을 일본 사람들은 당연한 듯 대수롭게 여기지 않았기 때문이었다.

잊혀지지 않는 또 다른 에피소드는 우다宇田라는 성을 가진 어느 일본 가정주부를 통해서였다. 우다 선생님을 알게 된 것은 내가 살고 있는 오사카 지역의 외국인들을 위한 무료 일본어 강습 프로그램을 통해서였다. 그 프로그램은 외국인들에게 일본어를 좀 더 잘할 수 있도록 외국인 한 명과 일본 자원봉사자 한 명을 연결해 줘 정기적으로 만남을 가지면서 일본어가 능숙해질 수 있도록 도와주는 역할을 한다. 어디서 급료를 받는 것도 아닌데 지난 넉 달간 우다 선생님은 정말로 성심을 다해 나에게 일본어를 가르쳐 주셨다. 가끔은 나를 위해 집에서 직접 만든 음식을 가져와 주셨고 일본 사찰이나 불교 관련 전람회가 있으면 직접 운전해서 구경도 시켜 주셨다.

그런데 나중에 알고 보니 우다 선생님은 나 말고 두 명의 동남아에서 온 외국인 노동자에게도 일본어를 가르쳐 주고 계셨다. 공장에서 주로 일을 하기 때문에 일본어 공부가 어려운 것을 알고 직접 공장 식당으로 찾아가서 베트남과 파키스탄에서 온 근로자들에게 기초 일본어부터 단계별로 지도해 주고 계셨던 것이다.

사실 우다 선생님은 대학 입시를 앞둔 고등학생 자녀가 있는데도 본인의 시간을 따로 떼어서 자기 지역 외국인들을 돌본다. 우다 선생님에게는 도움을 필요로 하는 사람이 어느 나라에서 왔는지 왜 일본에 왔는지는 중요하지 않은 듯하다. 또한 피부 색깔이나 영어를 잘 구사하는가 하는 것도 전혀 상관이 없어 보였다.

긴자역 근처의 청각장애인 근로자와 우다 선생님을 보면서 별것 아닌 것 같지만 그 안에서 내가 기존에 알음으로 알았던 일본과는 차이가 있는 그 무언가를 발견했다. 장애인이나 외국인 노동자와 같이 힘없는 사회적 약자를 깔보고 격리시키는 것이 아니라 그들을 존중해 주고 보호해 주려는 일본인들의 세심한 배려와 성숙한 시민정신이 나를 은근히 감동시켰다.

항주 Hangzhou

중국 천태산에서 만난 스님

나는 어려서부터 중국 절강성浙江省에 있는 천태산天台山에 꼭 가 보고 싶었다. 6세기 수나라 때 지의 스님에 의해 개산開山된 이래 수많은 중국 큰스님과 한국·일본 스님들의 참배가 끊이지 않았던 곳이다. 중국 천태종의 모태가 되는 국청사國淸寺가 천태산에 있으며 동아시아 오백 나한 신앙이 바로 천태산에서 비롯되었다. 언제쯤 가 봐야 할 텐데 하고 마음만 졸이고 있다가 천태산에서 학회가 열린다는 소식을 듣고 이때다 싶어 항주杭州를 거쳐 천태산으로 향하는 버스에 올랐다.

버스 안에서 가만히 생각해 보니 천태산을 선배 스님들은 바다를 건너고 산을 넘어 아주 어렵게 가셨을 것이라는 생각이 들었다. 그분들에 비해 나는 잘 닦인 고속도로를 타고 단 몇 시간 만에 도착할 것을 생각하니 조금은 죄송한 마음도 들었다. 하지만 막상 차가 천태산 입구에 도착하니 그 선배스님들 못지않게 내 가슴도 쿵쾅쿵쾅 뛰면서 감격스럽기 그지없었다.

도착하자마자 바로 국청사로 향했다. 천년이 훨씬 넘은 고찰古刹답게 국청사는 웅장함과 섬세한 아름다움을 고이 간직하고 있었다. 황색 담을 타고 촘촘히 작은 돌들로 단장된 길을 따라 법당 안으로 들어가니 웅장한 부처님과 18나한님들이 순례자를 맞이하신다. 이 도량은 고려 때 대각국사 의천義天 스님을 비롯해 일본 천태종 창시자 사이초最澄 스님 등이 수학하고 가셨던 곳이다. 한때 국청사에는 한국에서 온 승려들의 수가 많아 신라원新羅院을 따로 두었을 정도라고 한다.

다음날 오후 학회 세미나가 없는 시간을 틈타 천태산 중턱 위로 올라가 보았다. 먼저 오백 나한님들이 거주하신다는 석량石梁폭포로 향했다. 책에서 보았던 왜소한 모습과 달리 폭포는 대략 건물 10층 높이의 장관이었다. 폭포 위로 인공이 아닌 천연 돌다리가 만들어져 있는데 오직 신심이 깊은 불자들만이 그 다리를 건널 수 있다 한다. 4세기 담현曇猷 스님이 그 다리

저편에서 오백 나한님들을 처음 알현하셨다고 한다. 눈을 감고 나 자신의 신심이 부족함을 자책하면서 나한님들께 흠모와 그리운 마음을 전했다.

다음으로 차를 타고 20분을 더 올라 만년사萬年寺에 도착했다. 국청사에 비해 인적이 드문 만년사는 신라 승려 도육道育 스님이 사셨던 곳이기도 하다. 평생 중국어를 못하셨지만 항상 자애롭고 몸에서 진주 같은 사리를 만들어서 사람들에게 주기도 했던 신통 있는 스님이셨다고 한다.

만년사를 거닐다 우연히 어떤 어린 스님과 이야기를 하게 되었다. 승려가 된 지 1년 반 되었다는 그분은 현재 만년사 불학원에서 공부를 하고 계셨다. 성품이 고요한 분이었는데 갑자기 나에게 불법을 한 수 배워 보고 싶다며 삼배를 해 나를 당혹시키기도 했다. 그 스님의 눈에서는 문화대혁명 이후 세속화된 중국인의 모습이 아닌 당송시대 선배스님들이 가지셨던 깨달음을 향한 신심의 빛이 비치고 있었다. 돌아오는 길에 그 어린 스님을 생각하니 중국 불교 미래가 절대로 어두운 것만은 아니라는 생각이 들었다.

하나만 알면 하나도 모른다

자기 자신 것만 알고 다른 사람의 것을 모르면 사실 자기 스스로의 모습도 제대로
남과의 관계를 통해 거울처럼 비추어졌을 때 본인의 특성이나 좋고 나쁨을 제대로

모르는 것이다.

판단할 수 있게 된다.

만나고 싶은 디슨 씨께

봄이 오니 개나리, 목련, 벚꽃과 같은 봄꽃들이 하나 둘씩 세상 밖으로 고개를 내밀고 있다. 겨울의 어둡고 단조로운 색깔에 익숙해졌던 눈에 진노랑, 보랏빛이 나는 하양 그리고 연분홍의 꽃들이 들어오면서 나도 모르게 가슴이 뛴다. 이렇게 따스한 봄의 햇살을 받으면서 꽃나무 아래를 유유히 걷노라면 마치 내가 신선神仙이라도 된 듯 몸도 마음도 가벼워짐을 느낄 수 있다.

내 인생의 봄이라 할 수 있는 유년기에는 참으로 재미있는 일이 많았다. 초등학교 4학년 때 학교에서 위인전을 읽고 독후감을 써 오라는 숙제가 있었다. 그땐 발명왕 에디슨을 참 좋아했는데 그날따라 독후감을 더 잘 써 보겠노라고 조금 색다르게 에디슨에게 직접 편지를 쓰는 양식으로 써서 제출했다. 그런데 담임선생님께서 나의 독후감을 읽으시다가 갑자기 반이 떠나가도록 크게 웃는 것이었다.

한참을 웃은 후에 선생님께서 나를 불러 말씀하셨다.

"미국 사람의 이름은 성姓이 이름 뒤에 온단다. 그리고 이름 전체가 우리나라 사람들처럼 딱 세 글자로 돼 있는 것이 아니라 사람에 따라 세 글자보다 많을 수도 있고 적을 수도 있단다."

나는 그때만 해도 에디슨의 성이 '에' 씨이고 이름이 '디슨'인 줄로만 알았다. 그래서 독후감도 '만나고 싶은 디슨 씨께'로 시작했던 것 같다.

이와 비슷한 사건은 초등학교 1학년 때도 있었다. 미술 시간에 선생님께서 미래에 대한 상상화를 그려 보라고 하셨다. 그림을 한창 그리던 중 내 짝꿍의 그림을 보니 어찌된 건지 사람의 머리 색깔을 노란색으로 그리는 것이었다. 달에 우주기지를 만들어 사람들이 살고 있는 그림이란다. 달나라에는 외국 사람들도 같이 살기 때문에 그렇다는데 나는 그 친구에게 사람 머리가 어떻게 노란색일 수 있느냐고 하며 크게 싸웠다.

그때만 해도 금발 머리를 본 적이 없어서 그 친구의 말을 믿을 수가 없었다.

성인이 되어 외국에 나가 보니 내가 지금까지 알아온 견해 나 믿음이 얼마나 편협되고 제한적이었는가를 느끼게 되는 일 이 종종 일어났다. 한국의 청명한 가을하늘이 세계 최고라고 믿었는데 미국 서부에 가서 보니 1년 중 4분의 3이 한국의 가 을하늘 색을 하고 있었다.

예전에 한 프랑스 사진작가가 한국의 대도시는 별로 아름 답지 않다고 해서 기분이 상했는데 100년 이상 된 건물을 잘 간직한 유럽의 도시들을 가 보니 그 친구가 왜 그런 말을 했는 지를 이해하게 되었다.

19세기 독일의 저명한 종교학자 막스 뮐러Max Müller가 한 말 중에 '하나만 알고 있다는 것은 그 하나도 제대로 모르는 것'이라는 말이 있다. 나 또한 살면서 견문이 넓어지고 많이 공부하면 할수록 이 말에 정말로 크게 동감한다. 자기 자신 것 만 알고 다른 사람의 것을 모르면 사실 자기 스스로의 모습도 제대로 모르는 것이다. 나의 모습이 남과의 관계를 통해서 거 울처럼 비추어졌을 때 본인의 특성이나 좋고 나쁨을 제대로 판단할 수 있게 된다. 그래서 지혜로운 사람일수록 항시 겸손하고 다른 사람의 의견을 경청해서 잘 듣는 것이 아닌가 싶다.

우주의 중심? 그렇다면 온 우주가 뉴욕을 중심으로 돌고 있다는 말인가?

우주 중심에 서다

며칠 전 뉴욕의 타임광장Times Square을 지나가고 있을 때였다. 어떤 20대 백인 청년이 갑자기 광장 한가운데에 서서 "나는 지금 우주의 중심에 서 있다!"라고 크게 외치는 것이 아닌가.

우주의 중심? 그렇다면 온 우주가 뉴욕을 중심으로 돌고 있다는 말인가? 뉴욕이 미국 안에서 경제와 문화의 중요한 도시이고 그 중에서도 맨해튼 안 타임광장이 중요한 지점이라는 것은 틀림없는 사실이지만 우주의 중심을 타임광장이라고 정의 내리는 것은 나이 어린 미국 청년의 오만이라는 생각이 들었다.

그런데 가만히 역사를 들여다보면 이런 오만은 비단 미국인들만 가지고 있는 것은 아니라는 생각이 든다. 중국 사람들은 자신들의 나라가 세계 중심의 나라라는 의미로 이름에 아예 '가운데 중中'을 넣었고, 로마제국은 '세계의 모든 길이 로마로 통한다'면서 '로마에 가면 로마법을 따르라'고 하는 식의 로마 중심적 사고를 요구했다.

그러나 이러한 자국 중심적 사고는 꼭 자신이 살고 있는 국가에만 한정되는 것이 아닌 것 같다. 자신이 믿는 종교나 자신이 속한 인종과 성性, 혹은 자신이 살고 있는 도시나 자신의 삶의 형태에 대해서도 오만으로 비칠 수 있을 만큼의 자기중심적 사고를 하면서 사람들은 살아간다.

그런데 문제는 자기중심적 사고에서 나온 주관적 판단이 객관적 사실인 것처럼 위장되어서 떠돌아다닌다는 데 있다. 더욱이 지금 세상은 중세시대처럼 한 나라, 한 종교, 한 인종, 한 지역 중심으로 살기에는 너무나 다원화되었다. 우리나라만 해도 외국 국적의 노동자들이 우리 주변에서 생활하고 있고, 성차별을 없애자는 목소리가 커지고 있으며, 종교 또한 다양해져서 이슬람과 같은 예전엔 잘 들어보지도 못했던 종교가 우리의 삶으로 성큼 진입하고 있지 않는가. 기존의 불교나 기독교 내에서도 무수히 갈리면서 분화되고 있다.

이런 세상에 살면서 무조건 자신의 삶의 방식이나 종교, 인종, 국가가 세상에서 가장 특별하다거나 세상에서 최고라는 식의 주장은 맞지가 않는다. 그렇게 주장하기 위해서는 실제로 그 사람이 세계 모든 나라에서 살아 보거나 다른 모든 종교를 자신이 지금 믿고 있는 종교만큼 진실되게 믿어본 후에 주장해야 할 것이다. 그런데 많은 이들이 자신의 제한적인 경험을 바탕으로 스스로 경험해 보지 못한 일들에 대해 판단하려 들고 있다. 거기다 자신의 그러한 판단을 다른 모든 사람들이 무조건적으로 따라야 하는 객관적 사실처럼 주장하고 있다.

나는 서울에서 지하철을 탈 때 먹물색 옷을 입은 스님이라는 이유로 십자가를 나에게 들이대면서 '지옥 간다'고 엄포를 놓는 사람들이나 '불교는 귀신 집단의 종교'라면서 자신들의 종교만이 유일하게 옳다고 외치는 사람들을 볼 때마다 그들의 외침이 어쩐지 뉴욕의 한 구석이 우주 중심이라고 주장하는 어린 미국 청년의 외침과 비슷하게 보인다.

그녀의 기도

평소 잘 보지 않던 텔레비전에 자주 눈길이 간다. 때가 때인지라 아무래도 세상 돌아가는 일에 무심할 수가 없어서이다. 며칠 전 뉴욕 맨해튼 중심 도로에서 반전 시위를 벌이는 사람들의 모습이 아침뉴스 시간에 방송됐다. 백 명이 넘는 미국 사람들이 도로 위를 가득 메우고 시체처럼 누워 있었다. 출근으로 바쁜 아침 시간이라 각 방송사들은 도로교통 상황을 보도하면서 그들의 반전 시위 모습을 방송하지 않을 수 없었던 것이다. 전날 미국은 이라크 수도 바그다드를 셀 수 없이 폭격했고, 그 결과 많은 이라크 민간인들이 죽거나 부상을 입었다.

이날 시위는 이라크의 참상을 알리는 미국 지성인들의 반전 퍼포먼스였던 것이다. 이른 새벽부터 나와 죽은 듯 도로에 누워 있는 그들의 모습을 보면서 한편으로는 폭격으로 죽은 많은 이라크 사람들에 대한 애잔함에, 또 한편으로는 전쟁의 참혹함을 알리려는 그들의 정성에 절로 고개가 숙여졌다.

반전 시위는 미국 내 대학 안에서도 예외는 아니다. 며칠 전 논문 자료를 찾기 위해 맨해튼에 있는 컬럼비아대학에 들렀을 때 가장 먼저 만난 것이 대학생들의 반전 시위였다. 학생들은 "이곳은 내 학교이지만 요번 전쟁은 나의 전쟁이 아니다! This is my college but not my war!"라는 피켓을 들고 캠퍼스 한가운데에서 시위를 벌이고 있었다.

지하철도 예외는 아니었다. 반전 내용을 담은 유인물에서, 다음 주 워싱턴에서 백악관을 빙 둘러싸는 반전 집회를 한다는 내용의 전단까지 다양한 내용의 홍보활동이 전개되고 있었다. 어떤 중년 여성은 워싱턴까지 무료 버스를 운영하겠다는 내용의 전단을 열심히 나눠주고 있었다.

그러나 이런 반전 운동보다 더 절실하게 내 마음을 울린 사건이 있었다. 며칠 전 도서관에서 공부를 하다 절로 돌아가는 길이었다. 평소 엘리베이터를 이용하다 그날만큼은 계단을 이용했다. 도서관 건물 내 엘리베이터는 시설이 상당히 잘되어 있기 때문에 계단은 인적이 드문 건물 외진 곳에 자리 잡고 있다. 엘리베이터를 타기 위해 사람들이 많이 모여 있는 것을 보고 엘리베이터 대신 계단을 이용해 1층 로비로 내려가자 했던 것이다.

그런데 한 3층쯤 내려갔을까. 난데없는 인기척에 깜짝 놀랐다. 자세히 보니 계단 한 귀퉁이 벽을 보고 조용히 앉아 있는 사람이 있었기 때문이다. 자세히 살펴보니 이슬람교를 따르는 한 여성이었다. 매일 5번씩 기도하라는 이슬람교의 계율을 그녀는 도서관에서도 묵묵히 지키고 있었던 것이다.

머리를 밤색 천으로 가리고 자신이 절할 수 있을 만한 공간에다 같은 색의 천을 깔고 메카를 향해서 알라신에게 조용히 기도를 하고 있었다. 한참을 빠른 걸음으로 쿵쾅거리며 계단을 내려왔던 나 자신이 그녀에게 몹시 미안했다. 또 한편으로는 자신이 살고 있는 나라와 자신이 가지고 있는 종교 사이에서의 갈등을 지켜보아야 하는 그녀의 처지가 참으로 안타까웠다.

만약 부시 대통령이 기독교 원리주의자와 유대인 참모들 외에 자신의 가까운 측근들 중에 그녀와 같이 계단 구석에서 남모르게 조용히 기도하는 이슬람계 참모도 함께 두었다면 어떻게 되었을까? 아마도 오늘날과 같은 참혹한 전쟁이 그렇게 쉽게 벌어지지는 않았을 것이다.

나에게도 권리 있어요!

한밤중에 깨어나 보니 새벽 2시 35분이다. 꿈을 꾸었는데 작년 겨울 한국 텔레비전 프로그램을 통해서 본 어느 방글라데시인의 모습이 나타났다. 열아홉 살에 한국에 들어와 인생의 황금기인 20대를 한국에서 다 보냈다는 그는 이주노동자 강제 추방이라는 정부 방침에 따라 단속 대상자로 걸려서 잡혀가고 있었다. 왜 그런지 한동안 그 모습이 좀처럼 내 뇌리에서 잊혀지지가 않았다.

끌려가면서 그는 외국어 억양이 섞인 한국말로 크게 외쳤다. "저도 사람입니다. 나에게도 권리 있어요! 나에게도 권리 있어요!"

한국인보다 조금 더 까무잡잡한 피부색, 유창한 한국말이지만 그 속에 섞인 외국인 특유의 억양, 더 나은 삶을 위해서 혈혈단신으로 이방인의 나라에 입국했던 그 모습이 나에겐 결코 생소해 보이지 않았다.

부시 대통령이 취임한 후 미국은 9·11 테러 사건을 거치면서 정말로 많은 변화를 겪었다. 자국민의 안전과 보호라는 명목하에 남의 나라와 전쟁을 두 번이나 일으켰고 미국에 들어오는 외국인 검열 또한 엄청 강화하여 미국에 입국하려면 지문을 꼭 찍어야 하는 절차를 만드는가 하면 비자나 영주권을 받는 과정도 매우 까다로워졌다.

미국에서 살고 있는 이슬람 출신 이주민들을 반쯤 테러리스트 취급하면서 이민국에서 하루 내내 지문 날인을 시키는가 하면 공항에선 가무잡잡한 피부에 악센트 강한 영어를 하는 사람들을 주로 잡아서 가방 속은 물론 허리띠에서 속옷까지 치밀하게 검열을 한다.

미국에 사는 한인들은 아무리 교육을 많이 받고 좋은 직업을 얻었어도 이방인으로 살면서 받는 미묘한 차별과 설움을 감지하곤 한다. 그런데 모국 뉴스를 통해서 보여지는 한국의 모습은 차별받는 자와 차별하는 자가 바뀌어 나와 같은 한국인이 외국인들에게 철저한 무시와 무관심을 보내고 있는 것이었다.

우리나라 사람들은 나와 관련 있는 사람들의 일이라면 내 일처럼 나서서 도와주지만 나와 관련 없는 사람의 일이라면 섬뜩할 정도로 무관심하다. 자신보다 힘이 많은 이에게는 쉽게 비굴해지면서 자신보다 힘없는 사람들은 마치 힘없던 시절에 대한 한풀이라도 하듯 매섭고 철저하게 무시한다.

같은 외국인인데도 북미에서 온 백인 외국인에게는 영어 못하는 것이 무슨 죄인 양 기가 죽으면서도 동남아에서 온 외국인에겐 함부로 대하고 한국말로 큰소리치는 것을 보면 참으로 가슴이 아프다. 불보살님들의 자비는 국경과 피부색깔에 관계가 없을 것이다. 제발 이 글을 읽는 분만큼은 차별받고 무시당하는 이들에게 따스한 눈길과 도움을 주길 바라 본다.

심리적 버튼의 정체

미국 사람들이 생활에서 흔히 하는 말 가운데 '버튼을 누르다push the button' 라는 표현이 있다. 여기서 말하는 '버튼을 누르다' 는 단순히 초인종같이 외부로 나온 단추를 누른다는 뜻 말고도 '심리적으로 매우 민감한 부분을 건드리다' 라는 뜻이 있다.

예를 들어 최근 우리나라에서 크게 문제가 되고 있는 독도에 관한 일본과의 갈등이 미국 사람들이 말하는 한국인들의 심리적 버튼이 되는 셈이다. 그런데 이런 버튼의 내용이 민감하면 민감할수록 그에 대한 반응 또한 격렬하게 나오는데 독도 문제로 일본 대사관 앞에서 닭의 목을 비틀고 손가락을 자르고 심지어 자해까지 하려 했다 하니 분명 이 문제가 우리나라 사람들의 버튼을 누르는 일임에는 틀림없다.

사실 이런 심리적 버튼은 어느 나라를 막론하고 다 존재한다. 현재 살고 있는 곳이 중국이다 보니 중국인들과 대화할 때 외국인들이 절대로 건드리면 안 되는 중국인들의 버튼이 무엇인가를 종종 생각하게 된다. 가장 먼저 눈에 띄는 것으로 대만이나 중국 내 소수민족들과의 갈등이 이런 버튼이 되는 것 같다. 잘 모르는 중국인에게 대만을 중국과는 상관없는 한 독립국가로 인정해야 되지 않느냐고 함부로 말을 했다간 중국인으로부터 어떤 변을 당할지 모른다.

중국에 사는 어느 캐나다 친구에 따르면 본인이 대화 중에 마오쩌둥에 대해 작은 비판을 가했다가 중국 사람들로부터 엄청 혼이 났다고 한다. 아마도 마오쩌둥에 대한 외국인의 비판적 시선은 중국인들에게는 참을 수 없는 신성모독죄에 해당하는 것 같다.

그런데 나는 불자이다 보니 우선 내 마음속의 민감한 버튼들이 다른 사람들로부터 눌려졌을 때 내가 왜 강하게 반응하는지를 들여다보게 된다. 도대체 그 버튼들 아래에는 무엇이 존재하기에 본인도 모르게 격렬하게 반응하는 것일까?

자세히 들여다보면 무엇보다도 먼저 내면에 존재하는 강한 집착과 마주치게 된다. 마오쩌둥은 무조건 훌륭하다는 사상에 대한 집착이든, 대만을 절대로 독립된 나라로 둘 수 없다는 소유에 대한 집착이든, 내 밖의 대상에 대해 나와 하나로 결부시켜 동일시하는 과정에서 나오는 반응들이다. 그런데 조금 더 들여다보면 그 집착의 근원은 내 안에서 느끼는 공포와도 밀접하게 연관되어 있다.

지금까지 살면서 사회가 나에게 주지시켜 준 어떤 믿음이나 가치관이 돌연 나와 다른 신념과 가치관을 가진 사람들로부터 도전받았을 때 우리 존재의 뿌리가 흔들릴까 하는 두려움에서 나오는 반응들이다.

하지만 내 것이라고 믿는 사상이나 가치관들은 우리가 태어날 때부터 가지고 태어난 것이 아니다. 살면서 중생이 '나'라고 믿는 연약한 자아를 보호하기 위해 장막을 치듯 자기보다 더 큰 집단 안에 들어가 그들의 신념을 받아들여 스스로를 무장한 것에 불과하다. 그런데 이런 믿음들이 우리에게 가끔 안정감을 주기도 하지만 실제로 보면 사람과 사람 사이를 가

르고 한편으로는 진정한 나眞我의 모습을 보지 못하게 하는 색
안경의 역할을 하기도 한다는 점이다.

　독도를 자기네 땅이라고 우기는 일본인들이 참으로 괘씸하
다는 생각이 든다. 하지만 한국인으로서 그런 일본인들을 싫
어하는 나의 감정 또한 나에게 프로그램되어진 것이라 생각하
면 어느덧 조금은 초탈해지는 나를 발견한다.

사실 내가 지금까지 만나 본 파란 눈의 미국인 불자들 중에는
20년 혹은 30년 넘게 수행만 열심히 하신 존경스러운 분들도 많다.

미국 사람들도 불교를 믿나요

"미국에도 불교 믿는 사람들이 있어요?"

작년 한국을 잠시 방문했을 때 어떤 보살님이 내가 미국에서 왔다고 하니까 이렇게 묻는 것이었다.

"미국 사람들은 다 기독교를 믿는 줄 알았는데…. 안 그래요 스님?"

미국에는 사실 우리가 보편적으로 생각하고 있는 것보다 더 많은 사람들이 불교에 대해 호감과 관심을 가지고 있다. 그 중에는 자기 스스로 불자라고 이야기하는 사람도 상당수에 이르고 있는데 현재 불교학자들 사이에선 미국 불자의 인구를 대략 400만 명 안팎으로 보고 있다. 400만 명 가운데에는 아시아계 불자도 포함되어 있지만 그에 못지않게 미국 대도시에 사는 비아시아계 백인 불자의 인구도 함께 포함되어 있다.

비아시아계 미국 불자 이야기가 나와서 하는 말인데 다른 종교보다 유독 백인들 중 중산층 가정에서 자라 교육을 많이 받고 현재 대도시 근처에 살고 있는 인텔리 계층이 불교 인구의 주를 이루고 있다. 정치적으로는 공화당보다는 민주당을 선호하는 진보적 성향에다 유대인 가정에서 태어나 불교에 입문한 소위 말하는 '주부(Jubu: Jewish Buddhist 유대인 불자의 영어 약칭)'들이 또 많다. 직업별로는 심리학자, 과학자, 선생님, 작가, 예술인, 배우, 의사, 변호사, 음악가 등등의 전문인이 많고 주로 책을 통해 불교를 처음 접하는 사람들이 대부분이다.

아시아계 불자들이 신심을 강조하는 기도나 염불, 108배와 같은 행법을 주로 하는 데 반해 백인 불자들은 화두 참구나 위파사나와 같은 명상체험 위주의 프로그램에 관심이 훨씬 더 많다. 그러다 보니 같은 불자라도 백인 불자와 아시아 불자들이 물과 기름처럼 잘 섞이지 못하는 것 또한 사실이다.

미국 불교의 또 다른 특징 중 하나는 불교 역사상 최초로 한 나라에 전 세계 모든 불교가 다 들어와 있다는 점이다. 스리랑

카, 태국, 베트남, 라오스, 캄보디아, 중국, 한국, 일본, 대만, 티베트 등지에서 들어온 모든 불교가 서로 이웃을 이루면서 같이 한 도시에 살고 있다. 이로 인해 백인 불자가 주가 되어 사찰을 운영하는 경우에는 여러 다른 나라 전통의 불교를 접목해서 가르치는 일도 등장하고 있다. 다시 말하면 처음에는 불교가 나라나 종단별로 나누어져 있더라도 미국인 백인 불자 2세대에 와서는 초교파적인 성향을 보이기 시작한다는 것이다. 이와 함께 불교와 다른 종교 사이의 대화 또한 활발히 진행되고 있다.

또 좀 재미있는 사실은 미국 승단에서는 아주 오랫동안 수행한 사람이라도 결혼을 금하는 비구나 비구니 스님이 되는 것에 대해 부담을 느끼는 불자들이 많다는 것이다. 승려가 되는 것보다는 차라리 결혼할 수 있는 법사가 되는 것을 더 선호한다. 그래서 미국 절의 경우 대처가 가능한 일본 종단을 제외한 일반 선원에서는 법사들이 지도하는 곳이 많다. 미국 승단 안에서 여성들의 위치 또한 상당히 중요하게 여기는 부분으로 여성 백인 불자들이 법사가 되어 남성 불자를 포함한 일반 재가 신도들의 명상 수행을 지도하는 모습을 쉽게 볼 수가 있다.

사실 내가 지금까지 만나 본 파란 눈의 미국인 불자들 중에는 정말로 존경스러운 분들이 많다. 20년 혹은 30년 넘게 수행만 열심히 하신 분들도 만나 보았고, 깨닫기 위해서 그 나름대로 각고의 노력을 하신 백인 불자들도 많다. 동양에서처럼 수행을 많이 했다고 아니면 승복을 입었다고 위엄이나 권위가 섞인 목소리를 내지는 않는다. 오히려 많은 수행자들이 본인의 깨달은 바나 부족한 바를 솔직하게 털어놓으면서 진솔하게 법문하신다.

　서양인들을 위해서 쓰인 영어로 된 불서들이 한글로 번역되어 베스트 셀러가 종종 되는 것을 본다. 현각 스님과 같은 백인스님들이 한국에서 열심히 포교하는 것을 보면서 머지않아 불법이 다시 서양으로부터 동양으로 재전파되는 날도 생기지 않을까 생각해 본다.

평범한 삶 속의 수행

만약 다른 사람의 어떤 부분이 내 마음에 들지 않아 그 사람의 흉을 보고 있다면 십중팔구

내 안에도 그 사람의 결점과 일치하는 무언가가 똑같이 진동하고 있기 때문이다.

남의 흉이 내 눈에 보이는 이유

피아노나 기타와 같은 악기를 연주하다 보면 가끔 재미있는 현상을 목격할 때가 있다. 피아노의 어떤 건반을 누르고 나서 그 피아노 소리와 비슷한 음정을 사람 목소리로 내고 있으면 건반에서 손을 떼어도 피아노의 현이 계속해서 울리는 현상이 나타나는 것이다.

비슷한 예로 기타를 마주 보면서 둘이 연주하다가 한 기타의 연주를 멈춘 상태에서 맞은편 기타의 기타줄 5개 중 하나를 세게 치면 맞은편 기타의 똑같은 줄이 진동하면서 울리는 현상을 볼 수가 있다. 이러한 현상을 과학자들은 공명共鳴이라고 하는데 말 그대로 '같이 울리는 현상'이라는 뜻이다.

공명 현상은 이 세상 모든 물체가 일정한 진동수로 진동한다는 법칙에 근거를 둔다. 피아노 건반 소리의 진동수와 사람 목소리의 진동수가 비슷하게 일치되었을 때 둘 중 하나의 소리가 멈추어도 남아 있는 하나의 소리가 멈춘 대상을 진동시켜 같이 울리게 한다는 법칙이다. 반대로 이야기하자면 아무리 큰 소리가 난다 하더라도 그 주변에 같은 진동수를 가진 물체가 없을 경우에는 혼자 소리가 날 뿐 그 주위에는 아무것도 같이 공명하지 않는다는 이야기도 된다. 딱딱하기만 한 과학의 법칙 같지만 실제로는 이 원리가 우리의 삶에 바로 적용된다.

만약 다른 사람의 어떤 부분이 내 마음에 들지 않아 그 사람의 흉을 보고 있다면 십중팔구 내 안에도 그 사람의 결점과 일치하는 무언가가 똑같이 진동하고 있기 때문이다. 만약 내 안에 그와 비슷한 것이 아예 없다면 다른 사람의 잘못이 웬만해서는 내 의식의 레이더망에 잡히지 않기 때문에 특별히 내가 그것 때문에 괴롭다거나 다른 사람에게 그의 흉을 일부러 잡는다거나 하지 않는다. 예를 들면 어떤 사람이 너무 돈 있는 척해서 싫다고 한다면 사실은 본인도 무척이나 다른 사람들 앞에서 돈 자랑을 하고 싶은데 복이 안 돼서 지금 못하기 때문에 그 흉이 내 마음에 보이는 것이다.

그와 반대로 우리가 존경하는 인물의 사진을 보면서 그분을 자주 생각하고 흠모하고 있으면 나도 모르게 존경하는 이가 가지고 있는 품성이라든가 사고방식, 행동들을 점점 닮아가게 된다. 그 이유는 존경하는 이를 생각할 때마다 내 마음속에서 그와 같은 부분에서 진동을 일으켜 나도 모르는 사이에 그분처럼 점점 변해 가는 것이다.

사실 밀교에서 하는 진언眞言 수행도 이런 공명의 법칙과 관련이 있다. 지금 내 모습이 부처님 같지 않더라도 모든 중생은 불성佛性을 가지고 있으므로 그 불성의 진동수를 가지고 있는 진언을 계속해서 소리 내어 염송하고 있으면 내 안의 불성의 진동수도 같이 공명하면서 언젠가는 부처님의 마음과 나의 마음이 둘이 아니라는 것을 알게 되는 날이 오는 것이다.

마지막으로 공명의 법칙을 잘 이용하다 보면 힘을 많이 들이지 않고도 일의 능률이 몇 곱절로 돌아오게 만들 수 있다는 사실을 발견하게 된다. 같은 진동수의 소리가 동시에 두 곳에서 울리게 되면 그 진동의 진폭은 배倍가 되기 때문에 그만큼 힘이 강해지는 것이다. 간혹 가벼운 돌풍에도 쉽게 무너지는

다리들이 있는데 그것은 바람이 그 다리를 치면서 다리의 진동수와 공명하는 경우에 발생한다고 한다.

잠을 자지 않고 새벽까지 3000배 수행을 할 때 혼자 하는 것은 너무도 힘들지만 도반들과 같이 어려워도 대중의 힘으로 무리 없이 목표를 달성하게 되는 것은 공명의 법칙이 있다는 것을 다시 한 번 확인시켜 주는 것이다.

미국 부모들은 아이들이 막 말을 하기 시작하면 무조건 '생큐 Thank you' 와
'아이 엠 소리 I am sorry' 라는 말을 가르친다.

왜 미국 부모는 아이들에게
"생큐"를 먼저 시키는가

　우리 절에는 결혼하고 나서 시댁 식구들을 따라 절에 종종 나오기 시작한 보살님이 한 분 계신다. 절에서 처음 얼굴을 뵌 지 벌써 2년 정도 지난 것 같다. 그런데 얼마 전 사찰에 늦게까지 남아서 설거지를 하고 계시기에 내심 고마운 마음이 들었다. 그래서 혹시 법명이 있으신지 한번 여쭈어 보았다. 아직 없으시다는 말씀에 주지스님께 말씀 드려 법명이라도 좀 얻을 수 있도록 한번 해 보자고 이야기를 드렸더니 겸손해서 그런지 본인은 아직 불교에 대해 잘 모르고 신심도 많이 부족해 법명을 받을 만한 준비가 안 되었다고 대답하셨다.

이와 비슷한 사례를 또 한 번 본 적이 있다. 3년 전쯤 한국에서 법정 큰스님을 모시고 대규모 수계법회를 한 적이 있었다. 아주 드물고 귀한 자리이다 보니 사찰에 있는 모든 신도님들께 가능하면 다 참석해서 계戒를 받도록 권하였다. 계를 받고 나면 법정 큰스님께서 법명도 한 분씩 직접 지어 주시고 친필로 쓴 수계첩도 주시니 아직 법명이 없으신 분들에게는 절호의 기회였다.

수계법회를 잘 마치고 난 후 예전에 법명이 없으셨던 분들에게 그분들의 법명도 외울 겸 법명을 한 분 한 분 묻고 다녔는데 어느 보살님과 젊은 청년 한 분이 수계법회에 일부러 참석하지 않았다고 말씀하셨다. 이유인즉, 계를 받고 나서 지킬 자신이 없는데 어떻게 수계법회에 참석하겠느냐는 것이었다.

사실 이렇게 말씀하신 분들 중에는 마음이 순수하고 착한 분들이 많다. 그런 분들일수록 법명을 받는다든가 계를 받는 것에 있어 상당히 부담을 느낀다. 부담을 느끼는 이유를 보면 본인들은 아직 부족한 부분이 많으므로 어느 정도 완성시킨 다음에 법명이나 계를 받겠다는 것이다. 다시 말하면 법명이나 계를 일종의 형식이라고 본다면 형식 전에 내용이 먼저 완성되어야 한다는 생각을 갖고 있는 것이다.

그런데 이분들이 생각하지 못하는 부분이 있다. 형식이 먼저 갖추어진 다음에 비로소 내용이 보완되고 완성될 수도 있다는 사실이다. 다시 말하면 본인이 좀 부족해도 일단 법명이나 계를 받고 나면 법명 받고 계 받은 인연 때문에 그리고 그러한 형식을 치르는 과정 속에서 없던 신심도 생기고 계율을 지키겠다는 마음도 생길 수 있는 것이다. 미국 부모들은 아이들이 막 말을 하기 시작하면 무조건 '생큐Thank you' 와 '아이 엠 소리 I am sorry' 라는 말을 가르친다. 조그만 아이들이 그 뜻을 알아서 한다기보다는 부모가 처음에 시켰기 때문에 그냥 따라 하게 된다. 그러다 시간이 조금 지나면 아이들은 그 뜻을 이해하면서 정말 감사한 마음과 미안한 마음을 그 말 속에 담게 된다. 즉, 형식이 먼저 있었기 때문에 내용이 채워질 수 있었던 것이다.

현대인들은 내용과 형식이 따로 떨어져 있다고 생각하는 경우가 많다. 또한 내용만 있으면 형식은 버려도 된다고 생각한다. 그러나 내용과 형식은 밀접하게 붙어 있다. 그리고 그 둘 중 어느 하나가 이루어지면 다른 하나도 자연스럽게 따라

오게 되어 있다. 경찰 유니폼을 입으면 나도 모르게 경찰의 행동이 나오고 죄수복을 입으면 나도 모르게 죄수 같은 언행을 하게 되는 법이다. 그러므로 내용을 얻고자 한다면 형식부터 잘 만들어 놓는 것도 지혜로운 이의 행법일 것이다.

아난다의 오류

오랫동안 사찰에 다니면서 신행생활을 하신 분들도 가끔 사찰 안에서 말싸움을 한다든가 다른 신도를 헐뜯는 경우를 본다. 그런 모습을 보고 있으면 사찰에 오래 다녔어도 아무런 소용이 없다는 생각이 든다. 오랫동안 큰스님들 법문을 들으면서 부처님 법을 따라왔는데도 생활에 좀처럼 변화가 없고 불교 신행생활을 하지 않은 사람들과 크게 다를 바가 없다면 문제가 좀 있지 않나 싶다.

이러한 문제의 근본 원인을 살펴보면 우선 불교에 대해 익숙한 것과 부처님 법 따르는 것을 혼동하는 데에 있다. 사찰에 오랫동안 나온 분들은 당연히 사찰 안의 여러 가지 생활에 익숙해져 있다. 또한 그런 분들 중 다수가 사찰 안에서 감투를 하나씩 쓰면서 각종 요직에서 중요 임무를 맡고 있다. 그러다 보니 사찰 안 스님들과 개인적으로 친분이 생기는 경우가 많게 되고, 스님들과 같이 공양을 한다든가 이야기를 하는 일들이 많아진다.

그런데 문제는 스님들과의 개인적 친분이나 익숙해진 사찰생활을 가지고 본인이 부처님 법을 잘 따르고 있다고 착각을 한다는 것이다. 심지어 어떤 분은 스님들을 개인적으로 잘 알고 있기 때문에 절에서 하는 법회나 기도, 수행 프로그램에 참석하지 않아도 상관이 없다고 생각한다. 이런 분들을 보고 있으면 나는 부처님 제자 아난다 존자가 생각난다.

아난다 존자는 고타마 부처님의 사촌동생으로서 부처님께서 열반하실 때까지 부처님 바로 곁에서 부처님을 보필하신분이다. 그러므로 당연히 아난다 존자는 그 어느 제자들보다부처님과 함께 했던 시간이 많았고 그리고 부처님과도 가장친한 제자였다. 하지만 그렇게 부처님을 가까이서 오랫동안보필해 왔으면서도 아난다 존자의 깨달음은 다른 중요 부처님제자들에 비해 가장 늦었다. 부처님의 많은 제자들이 부처님의 법에 입문하고 나서 얼마 걸리지 않아 깨달음을 얻었는데 아난다 존자는 부처님이 열반하신 후 부처님 경전 제1결집 바로 직전에야 비로소 아슬아슬하게 아라한과를 증득했다.

아난다 존자의 깨달음이 이토록 아슬아슬하고도 늦은 이유는 부처님에 대해 잘 알고 있다는 생각과 부처님께서 설하신 법을 실행하는 것 사이를 혼동했기 때문이다. 아마도 부처님과 진하니 나른 사람처럼 수행을 하지 않아도 어떻게 되겠지 하는 안일한 생각이 있었기 때문이 아닌가 싶다.

사찰에 다니면서 부처님 법을 몸소 실행하지 않는다면 외국어학원을 다니면서 외국어 공부를 전혀 하지 않는 것과 같다. 오랫동안 학원을 열심히 다녀도 실제로 본인이 직접 공부하지 않으면 외국어 실력이 늘지 않는다. 또한 학원 강사 선생님을 개인적으로 잘 아는 것과 외국어 실력은 큰 상관관계가 없다. 정말로 본인이 불자라면 살면서 화나는 마음이 일어날 때나 남의 흉을 잡고 싶을 때, 그때 한번 나의 마음을 돌이켜 바라보자. 부처님 법을 따르는 것은 절에 오래 다니고 안 다니고의 문제가 아니라 배운 부처님 법을 직접 생활에서 얼마나 수행하느냐 안 하느냐의 문제인 것이다.

쉽지만 하기 어려운 일

나는 많은 보살님 가운데 보현보살님을 특별히 예경하고 가슴속으로 흠모한다. 나처럼 공부하는 학승에게는 책에서 배운 것을 행동으로 발현하는 것이 중요하다. 항상 말로만 그치고 몸으로 행동하지 않을까 두려워서 그런지 나는 행行으로 보여주시는 보현보살님이 참 좋다.

『화엄경』을 읽다 보면 보현보살의 열 가지 큰 원願이라는 부분이 나온다. 그 가운데 내가 항상 가슴속에 새기는 보현보살의 원이 하나 있는데 그것은 바로 다섯 번째 원인 수희공덕隨喜功德이다. 수희공덕이라 하면 '남이 지은 공덕을 따라서 같이 기뻐한다' 라는 뜻이 되는데 간단해 보이지만 실제로 수희공덕의 원을 행동으로 옮기는 것은 결코 쉬운 일이 아닌 것 같다.

특히 살다 보면 나와 비슷한 능력을 가진 경쟁자나 나와 비슷한 처지의 이웃에게 아주 좋은 일이 생겼을 때 아무런 사심 없이 자신의 일처럼 같이 기뻐해 주는 것이 생각보다 쉽지 않다. 또한 자신의 이익과 맞물려 상대방에게 좋은 일이 일어난다든가, 같이 똑같은 목표를 가지고 일을 시작했는데 먼저 나의 이웃이 그 일을 성취했을 경우에 상대방의 성공을 진정으로 기뻐해 줄 수 있는 일은 큰 마음의 수양이 필요한 일일 수도 있다.

사찰 안에서도 보면 신도님들 사이에 일어나는 분쟁의 대부분은 수희공덕을 실천하지 못해서 일어나는 일들이다. 서로 주지스님에게 더 인정받고 싶은 마음이 있는데 다른 신도가 먼저 주지스님의 신뢰를 얻어서 사찰 내의 큰 직책이라도 얻는 날에는 그것을 시기 질투하여 신도들 간에 편을 가르고 스님과 그 신도에 대한 나쁜 소문을 내기도 한다. 또한 다른 주변 사찰이나 타 종교 간의 갈등도 사실은 미묘한 경쟁의식에서 나온 것이다. 결국 '서로 다 같이 잘되자' 하는 상생의 마음을 내지 못한 것에 원인이 있다.

내가 아는 스님 중에는 수회공덕을 몸소 실천하는 분이 계신다. 그 스님을 10년 넘게 알고 지내왔지만 한 번도 다른 사람에 대해 험담하는 것을 본 일이 없다. 언제나 만나는 사람 개개인의 훌륭한 점만 이야기하고 또 그 사람에게 좋은 일이 생기면 마치 자신의 일인 양 다른 사람들에게 신이 나서 이야기를 해 준다. 나는 그 스님을 보면서 내가 무의식적으로 내뱉는 말 가운데에서라도 남을 험담하거나 다른 사람의 공덕을 깎아내리는 언행을 한 일이 없는가를 반성하게 된다.

요즘 들어 많은 불자들이 깨달음에만 마음을 두고 정진한 나머지 깨달음 뒤로 모든 보살행의 실천을 미루는 경향을 종종 본다. 특히 수행한다는 명목으로 수행과 삶을 둘로 나누어 생각하는 분들이 있는데 큰 깨달음을 논하기 전에 그분들이 작은 보살행을 얼마만큼 실천하고 있나 돌아보는 것도 중요하다. 왜냐하면 별것 아닌 것 같은 수회공덕의 실천 안에서도 남과 나의 경계가 사라지고 다른 사람의 공덕이 나의 공덕이 되는 큰 이치를 깨달을 수 있기 때문이다.

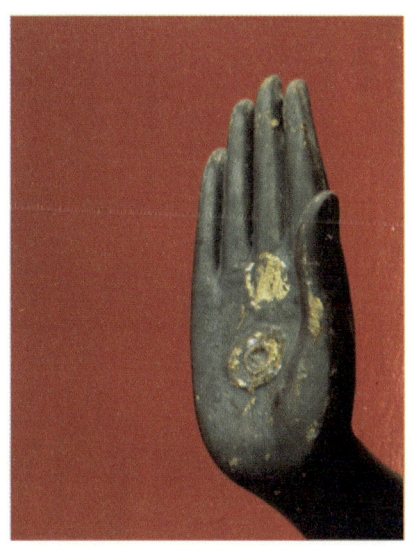

사찰에 다니면서 부처님 법을 몸소 실행하지 않는다면
외국어학원을 다니면서 외국어 공부를 전혀 하지 않는
것과 같다.

마음이 마음을 본다

나는 어렸을 때 만화영화를 참 좋아했다. 특히 일요일 아침에 텔레비전을 통해서 방영되는 만화영화를 손꼽아 기다리면서 즐겨 보았던 기억이 있다. 그 중에서도 지금까지 뇌리에 남는 프로그램이 하나 있는데 바로 '천년 여왕'이라는 제목을 가진 만화영화다. 어른이 되어 버린 지금 그 만화영화의 이야기는 잘 기억나지 않지만 그 만화영화가 가진 특유의 설정만큼은 아직도 기억이 난다.

그 만화영화의 주인공은 평범하게 보이는 젊은 여성인데 사실은 그 여주인공이 평범한 외모와는 달리 지구를 일반 사람들 몰래 천년 동안 지배하는 여왕이라는 것이다. 하지만 젊은 여주인공은 본인이 천년 여왕이라는 사실을 숨기기 위해 일반 가정에서 부모님과 형제, 친구들을 가진 평범한 사람으로 위장해서 살고 있다.

이 만화영화가 나에게 지금까지도 잊지 못할 만화영화로 남은 것은 바로 본인이 당연히 실제로 존재한다고 믿는 주변 인물들과 나의 관계가 진실이 아니고 위장되어서 만들어진 가짜일 수도 있다는 사실을 주지시켜 주었기 때문이다. 다시 말해 나와 나의 가족들, 친구들, 학교 선생님 그 모두가 천년 여왕의 주변 인물처럼 각자의 배역을 맡아서 내 눈앞에서 연기하는 한바탕 연극일 수도 있다는 점이었다.

대학생이 되어 불교를 알게 되면서 이러한 의심은 유식학唯識學을 배우게 되면서 한층 더 깊어져 갔다. 내 눈앞에서 보이는 일체가 나의 마음을 떠나 따로 존재하는 것이 아니라는 사실이나, 중생의 한마음이 보는 자와 보여지는 대상 둘로 나뉘어 그 안에서 이 둘 모두를 각각 따로 존재하는 고정된 실체로 잘못 인식하고 있을 수 있다는 점 모두가 내가 어렸을 때부터 만화영화를 보면서 가졌던 현실에 대한 의구심과 많이 통하는 면이 있는 것 같았다.

우리가 꿈을 꾸다 보면 꿈속에서 많은 대상을 보고 만나고 경험한다. 하지만 그 꿈 안에서 보여지는 대상들은 우리의 의식을 떠나서 따로 존재하지 않는다. 예를 들어 꿈속에서 호랑이를 보았다면 그 호랑이는 내 마음이 그려낸 영상일 뿐 꿈 밖에서 실제로 존재하는 호랑이가 아니다. 하지만 내 마음은 내가 꿈을 꾸고 있는 동안에는 꿈속에서 보여지는 영상이 내 마음이 만들어 낸 영상이라는 사실을 잊어버리고 실제로 내 의식과는 따로 존재한다고 느낀다. 그러기에 꿈 안에서 호랑이를 만나 놀라기도 하고 무서워하기도 하고 슬퍼하기도 하고 그러는 것이다. 그런데 만약 꿈을 꾸는 이가 본인이 지금 꿈을 꾸고 있다는 사실을 꿈속에서 인식하게 되면 어떻게 될까? 아마도 꿈에서 보여지는 일체 대상에 대해 초연해지면서 그것들에 대한 집착 역시 다 끊어져 나갈 것이다. 왜냐하면 그 사람은 꿈이라는 것 자체가 우리 마음 스스로가 만들어 낸 영상을 우리 마음 스스로가 보고 있다는 사실을 알기 때문이다.

그런데 불교는 여기서 한 발짝 더 나아간다. 우리 삶도 우리가 꾸는 꿈과 다름이 없다 한다. 내가 평소에 경험하는 모든 대상들 역시 내 마음의 범주를 벗어나 따로 존재하는 것이 아니고 내 마음이 만들어 낸 모습을 내 마음이 보고 있다 한다.

경봉鏡峰 큰스님께서 그러셨던가. 사바세계를 무대로 연극 한번 멋지게 해 보라고.

회향廻向 미스터리

어렸을 때 처음 불교를 배우고 나서 잘 이해되지 않았던 부처님 가르침 중 하나가 회향廻向이었다. 내가 열심히 공덕을 쌓아 그 공덕을 나에게 쌓아두는 것이 아니라 온 중생계로 돌려야 한다는 부처님의 가르침이 잘 이해가 안 되고 또 나를 불안하게 했다. 그 이유는 나의 공덕을 다른 이들에게 다 돌려 버리고 나면 나에게는 아무 것도 남는 것이 없을 것이라는 걱정에서였다.

그런데 실제로 마음을 내어 다른 사람을 조금이라도 도와 줘 보면 알겠지만 나의 것을 다른 이에게 다 준다고 해서 나에게 아무것도 안 남는 것이 아니다. 남에게 준만큼 오히려 내 마음이 넉넉해지면서 물질이 아니더라도 더 큰 무언가를 돌려받는다는 사실을 깨닫게 된다. 불교 교리상으로만 볼 때도 궁극적 깨달음은 원래부터 내가 없었다는 사실을 깨닫는 것이므로 나에게 공덕을 쌓아 놓는다는 것 자체가 깨달음과 상반되는 행동이다. 나에게 돌아오는 공덕을 다른 이에게 돌렸을 때 비로소 나에 대한 집착을 줄일 수 있으므로 결국은 진리의 세계에 한 발짝 더 나아가게 되는 것이다.

『화엄경』에 의하면 회향이라는 것에는 '중생들에게 모든 공덕을 돌려 중생들에게 일어날 온갖 나쁜 일의 문을 모두 닫아 버리고 열반에 이르는 바른 길을 활짝 열어 보인다'는 뜻이 있단다. 다시 말하면 중생들이 쌓아 온 나쁜 업으로 말미암아 받게 되는 무거운 고통의 여러 가지 과보를 내가 대신 받겠다는 마음이다. 그런데 재미있는 것은 이런 마음을 내면 진짜로 모든 고통이 나에게 오는 것이 아니라 정반대의 결과를 얻게 된다는 것이다.

성철 스님이 법문 중에 이야기하시길 어떤 이가 죽은 후 지옥문 앞에 떨어졌다고 한다. 그런데 보통 사람 같으면 두려워서 벌벌 떨 텐데 그이는 지옥에서 고통 받는 이들을 보니 측은

한 마음이 들면서 '내가 그들의 고통을 대신 받아 그들이 잠시나마 지옥의 고통으로부터 쉬었으면 좋겠다'는 생각을 했다고 한다. 그러자 그 순간 지옥이 그의 눈앞에서 없어지고 천상에 와 있더란다. 중생의 고통을 본인이 대신 받겠다고 마음을 내니 본인의 고통부터 없어지고 천상으로 가 버린 것이다. 결국 남을 돕겠다는 마음이 본인부터 돕는 결과를 가지고 오는 것이다.

봄이 되니 겨울 내내 주목 받지 못했던 거리의 가로수가 하얀색 분홍색 보라색 꽃들을 피우면서 자신들의 존재를 사람들에게 다시금 확인시켜 준다. 올해도 봄날의 색은 사찰마다 걸어 놓은 연등이 보태지면서 그야말로 눈물 나는 장관을 연출해낼 것이다. 연등을 달면서 많은 사람들이 본인과 가족들을 위해서 주로 기도하는데 이번 부처님 오신 날만큼은 자신과 조금 먼 이웃이나 직장동료, 혹은 마음을 좀 더 넓게 가져 자신을 힘들게 하는 이들까지도 같이 행복하기를 기도하시길 바란다.

젊은 날의 깨달음

초판 1쇄 발행 2010년 5월 10일
　　43쇄 발행 2017년 12월 12일

지 은 이 ｜ 혜 민
펴 낸 이 ｜ 이 태 호
사　　진 ｜ 문종 스님(미국), 장명확(한국)
펴 낸 곳 ｜ 클리어마인드_(주)지오비스
등록번호 ｜ 제 300-2005-54호
주　　소 ｜ 서울시 종로구 삼봉로 81, 1337호(수송동,두산위브파빌리온)
전　　화 ｜ 02)2198-5151, 팩스 ｜ 02)2198-5153
디 자 인 ｜ 현대북스 051)244-1251

ISBN 978-89-93293-13-5　03810

정가 13,000원